문기주의 e스포츠 세상

문기주의
e스포츠 세상

초판 1쇄 인쇄_ 2023년 10월 15일 | **초판 1쇄 발행**_ 2023년 10월 20일
지은이_문기주 | **펴낸이**_오광수 외 1인 | **펴낸곳**_새론북스
디자인·편집_윤영화
주소_서울시 용산구 한강대로 76길 11-12 5층 501호
전화_02)3275-1339 | **팩스**_02)3275-1340 | **출판등록**_제2016-000037호
E-mail_ jinsungok@empal.com
ISBN_978-89-93536-68-3 03810
※ 책 값은 뒤표지에 있습니다.
※ 꿈과희망는 도서출판 새론북스의 계열사입니다.

문기주의
e스포츠 세상

문기주 지음

새론북스

머리말

문기주의 e스포츠 세상을 컬럼으로 연재하면서 e스포츠의 전반적인 흐름과 비전 등을 다시 한번 생각하게 되었고, 국민 복지로서 e스포츠가 대중화되고 여가의 한 수단이 되기를 희망하면서 기고했던 시간들이 어느덧 2년이 흘렀다.

e스포츠는 문화의 산물이며 현대사회의 특징 중의 하나다. 점점 더 디지털화되어 가고 있는 현대적 기술의 집약체라고도 할 수 있다. 그러나 한때는 e스포츠가 중독성 때문에 부정적인 시각도 많았다. 그것은 게임으로 존재하면서 스스로 통제력을 상실하면서 나타난 현상이기도 하다.

그러나 e스포츠로 불리우면서 이러한 우려를 불식시키고 제도화된 환경으로 유입되어 이제는 공식화된 스포츠로서의 가치를 인정받고 있다는 점에서 e스포츠의 미래가 밝고 산업적 가치도 그만큼 크다고 하겠다.

특히 편견으로 인식되어 왔던 e스포츠 참가자의 연령이 단순히 10대, 20대가 아니라 이제는 여성과 노인에게도 유용한 여가활동으로서 제공되고 있다는 점이 매우 시사하는 바가 크다.

지난 몇 년 동안 e스포츠와 관련하여 이슈가 되어 왔던 다양한 주제를 나름대로 조사하고 인용하고 정리하여 e스포츠에 대한 올바른 가치와 방향을 제시하고자 글을 써왔으나 정리되지 못한 부분도 많았으리라 생각한다. 그러나 e스포츠의 발전을 위해서 미력하나마 보탬이 되고자 미숙한 부분까지도 감수하면서 나름대로 방향을 제시하고자 노력했다. 이제 그러한 노력을 모아 한 권의 책으로 발간하면서 저 자신을 더욱 돌아보고 e스포츠의 진흥과 대중화에 기여하는 첫발이 되기를 희망해 본다.

그동안 함께 고생하신 한국e스포츠진흥협회와 한국e스포츠진흥학회 임원 여러분들에게 깊은 감사를 드린다. 또한 부족하지만 문기주의 e스포츠 세상을 사랑해 주시고 읽어주시는 독자 여러분에게도 깊은 감사를 드린다.

저자 문기주 올림

차례

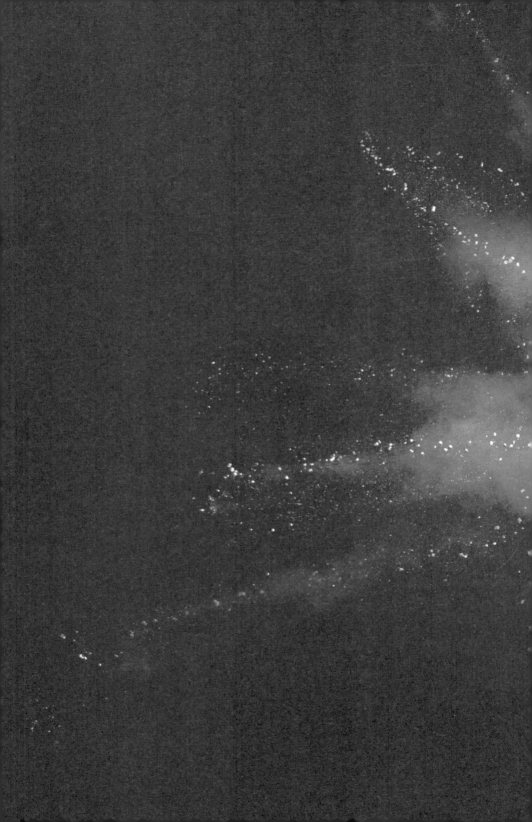

Column 01
e스포츠진흥원을 만들자

　우리나라는 e스포츠의 선도적 입장에 서 있는 나라이다. 중국과 일본 그리고 유럽, 미국을 포함한 e스포츠의 팬을 가장 많이 가지고 있는 나라이다.

　2021년을 기준으로 할 때 우리나라 게임산업의 총 매출액은 18조 8,855억 원의 거대 시장을 형성하고 있고 종사자만 8만3천 명에 이른다. 국내 PC방만 9,970개에 이르지만 모바일 게임을 이용하는 비율이 90%가 넘는다. 이제 세계 게임시장의 규모도 271조 9,264억 원에 이르고 있지만 2022년에는 300조가 넘을 것으로 예상하고 있다.

윤석열정부에서도 e스포츠에 대한 관심을 가지고 e스포츠진흥을 위해 전폭적인 지원을 약속하며 e스포츠진흥을 위한 정책 개발 중인 것으로 알고 있다.

정부 조직내에는 e스포츠 관련 조직은 없다. 다만 문화체육관광부 내에 e스포츠진흥 자문위원회를 두고 e스포츠 진흥을 위한 정책 개발 및 지원방안을 협의할 수 있도록 하고 있다.

이 조직은 그 이전 정부에서부터 조직화 되었는데 지금까지 단한번도 회의를 한 적이 없다.

그러니 정부조직 내에서 e스포츠를 전담하고 정책 개발을 하고 진흥을 위한 예산을 편성한다는 것은 기대하기가 어렵다. 지금까지는 한국콘텐츠진흥원에서 상황에 따라 사업화하고 있는 것이 전부다. 한국콘텐츠진흥원은 R&D를 포함하여 16개 사업 장르로 구분하여 우리나라 콘텐츠 관련 사업을 주도하고 있다. 그중에서 지역 장르의 사업으로 e스포츠 상설 경기장 구축 및 운영 사업으로 24억 원, 그리고 게임 장르에서 e스포츠 활성화 지원사업으로 7억여 원을 정부에서 지원하는 것이 전부이다.

e스포츠 진흥을 위한 전반적인 체계를 세우고 전문인력을 양성하고 e스포츠리그를 관리하고 범국민 e스포츠 생활화를 위한 보급과 지도 등 e스포츠 전반에 관한 종합적인 계획을 세우는 것은 사실상 기대하기가 어렵다. 스포츠 영역에서 국민체육진흥공단에서 국민체육진흥을 위한 종합적인 지원을 하고 있지만 e스포

츠에 관한 지원은 전무하며 대한체육회 준회원 가맹단체인 한국 e스포츠협회의 인건비 지원외에는 e스포츠진흥을 위한 종합계획을 수립하거나 예산을 편성하여 지원하는 곳은 문화체육관광부가 한국콘텐츠진흥원에 지원하는 사업 이외에는 없다.

2022년도 e스포츠를 포함한 게임시장의 국제 규모가 300조 원이 넘고 우리나라도 20조 원이 넘는 시점에서 e스포츠는 항저우 아시안게임에 정식종목으로 채택되어 중국과 일본 그리고 동남아시아 등에서는 전폭적인 지원을 아끼지 않고 있는 반면에 우리나라는 이제야 스포츠 영역에 포함되어 대회운영 및 인재양성에 관해서만 일부 예산이 편성되어 있을 정도이다. 즉 e스포츠 전반의 진흥을 위한 정부 조직이나 기구가 없다는 것은 e스포츠의 선두주자로 점유력을 높여가고 있는 현장과 괴리되는 현실이며 말로만 진흥을 외쳐봐야 이 또한 중국이나 미국, 동남아 국가에게 주도권을 넘겨주고 말 것이다.

이제는 e스포츠 진흥과 활성화, 생활화를 위해 e스포츠의 기준을 정확하게 만들고 인재를 양성하고 시설을 확충하고 리그를 관장하며 남녀노소는 물론 전 국민이 함께 즐길 수 있는 e스포츠를 만들어 가기 위해서라도 이를 종합적으로 관장하고 예산을 확보하여 지속적인 발전을 도모하기 위해서라도 한국 e스포츠 진흥원을 만들어야 한다.

2000년도 e스포츠 진흥 및 활성화를 위한 예산이 콘텐츠진흥원의 사업인 31억 정도 밖에 안된다는 것은 과연 e스포츠를 전 국민이 즐길 수 있는 스포츠 활동으로 장려하고 발전시켜 나가겠다는 정부의 의지를 신뢰할 수 있을지 의문이다. e스포츠 진흥에 대한 정부의 의지가 있다면 우선 e스포츠진흥원을 만들어야 한다.

e스포츠와 게임의 관계

21세기 새로운 스포츠로 등장한 e스포츠는 그 영역이 갈수록 확대되고 있지만 우리는 e스포츠와 게임에 대하여 명확한 기준을 제시하지 못하고 있다. e스포츠를 그저 게임의 일종으로 생각하고 게임산업의 한 부분으로 인식하고 있으며 정부에서도 별도의 예산을 편성 지원하기보다는 게임산업에 포함하여 e스포츠산업을 제한하고 있다. 실제로 e스포츠 관련 예산의 대부분은 한국콘텐츠진흥원의 사업에 몰아주고 있는 실정이다. 그러나 흔히 게임은 놀이의 성격이 강하기 때문에 재미와 흥미 등 오락적 특징에 초점이 맞춰져 있다. 한마디로 제도화된 놀이가 게임이라고 할 수 있다. 우리가 이야기하는 게임이란 컴퓨터를 이용한 가상현실 상황에서의 오락적 게임을 의미하는데 시작과 끝을 게임에 참여하는 당사자가 결정한다. 즉 스포츠적 요소가 배제되어 있다고 하겠다. 엄밀히 말하자면 게임과 e스포츠는 구분되어져야 하며, 스포츠 영역에서 스포츠산업진흥원처럼 e스포츠 진흥을 위한 기구 또는 기관에 의해 활성화되어야 한다. 왜냐하면 e스포츠는 게임의 일종이기는 하나 스포츠의 특성인 경쟁성, 룰, 결과의 불확실성, 시작과 끝의 명확성 등 스포츠의 요소를 포함하고 있다. 한마디로 말해서 e스포츠는 electronic sports를 의미하며, 실제 세계와 유사하게 구현된 가상 환경에서 정신적, 신체적인 능력을 활용하여 승부를 겨루는 활동으로 정의한다. 현재에는 게임 산업진흥에 관한 법률 제15조 e스포츠는 게임물을 이용하여 하는 경기 및 부대활동을 의미하며, 문화체육관광부장관은 e스포츠의 지원육성을 하도록 규정되어 있다. 즉 e스포츠는 스포츠의 영역이 확장되면서 게임을 매개체로 스포츠와 같이 경쟁하는 e스포츠(Electronic Sports, e-Sports)라는 개념으로 스포츠 영역에 포함되었다. 많은 스포츠 학자들은 스포츠를 구성하는 4대 요소로는 유희성, 규칙성, 경쟁성, 신체 활동성 등을 언급하고 있다. 이러한 주장에 근거하여 e스포츠 참여자들은 개인의 즐거움을 얻기 위해 자유롭고 자발적으로 참여하며, 상대와의 경쟁을 통해 승리를 얻기 위해 경쟁하면서 게임으로서 정해진 규칙을 준수하기 때문에 스포츠 활동으로 간주하여야 한다고 주장한다. e스포츠의 신체 활동성에 대하여 프로게이머들의 마우스와 키보드 조작 능력은 일반인의 3배 이상 빠르며, 이때 전두엽과 대뇌변연계가 활발하게 움직여진다.

e스포츠 선수들은 반사 신경, 예측 및 전략적 판단 등 정신적 측면이 뛰어나며 두뇌와 양손 사용이 일반인보다 4배 이상된다. 또한 눈-손 협응력은 타 종목을 능가했으며 경기 중 스트레스 호르몬인 코르티솔 분비량은 자동차 경주 선수와 같은 수준이었고, 심장 박동 수는 최대 160~180회로 마라톤선수와 비슷하다.

e스포츠와 게임은 컴퓨터를 이용하여 오락성, 흥미성 등은 유사하나 동일한 조건하에 정해진 시간에 정해진 룰 속에서 경쟁하면서 결과를 만들어 낸다는 점에서 차이가 있으며 이러한 요소들이 e스포츠가 스포츠로서의 가치를 지니고 건전하고 건강하게 많은 사람들에게 생활스포츠로서 제공되어야 하는 이유일 것이다.

Column 03
e스포츠와 청소년의 놀이 문화

　얼마 전까지만 해도 우리 청소년들의 문화는 학교를 중심으로 지극히 제한적인 공간에서 놀이문화를 찾아보기가 쉽지 않았다. 아직도 방과 후 학원으로 내몰리고 있는 청소년들에게 놀이란 쉽지 않은 고민거리이고 기껏해야 오락실, PC방에서 좋아하는 게임에 잠시 몰입하는 것이 유일한 놀이였을 것이다. 최근에는 핸드폰의 기능이 첨단화되어 모바일 인터넷 게임이 등장하면서 언제 어디서나 모바일 게임을 즐기는 청소년들을 쉽게 볼 수 있다. 모바일 게임이 청소년의 놀이문화로 정착되면서 다양한 문제들이 등장하게 되는데 가장 커다란 문제는 게임중독이다. 스스로 통제 능력이 부족한 청소년들에게는 게임이 놀이의 한 수단으로서 과도하게 시간을 소비하고 정서적으로도 피폐함을 야기하는 폐해를 가져오기도 한다. 그렇다고 해서 청소년들의 중요 놀이문화로 등장한 게임을 못하게 할 수도 없다. 그것은 오히려 청소년들의 스트레스나 사회적 일탈, 기계적 인간으로의 인간관계 단절 등 또 다른 문제를 야기할 수 있다. 이러한 청소년들의 건전한 놀이 문화 형성을 위해 중요한 역할을 할 수 있는 것이 바로 제도화된 e스포츠 게임이다. e스포츠가 게임에서 출발되었다는 것은 이미 알고 있는 사실이다. 20세기 후반에 들어서며 디지털 기술의 빠른 발달과 보급으로 어느 가정에서도 컴퓨터가 자연스럽게 자리를 잡게 되었다. 컴퓨터 보급이 확산되자 인터넷 또한 자연스럽게 일상생활에 접해지게 되었고, 인터넷은 초고속 통신망의 발달과 세계적으로 뻗어진 네트워크를 이용하여 세계를 하나로 이어주는 매개체 역할을 하고 있다. 이제는 손안의 컴퓨터라고 할 수 있는 모바일 게임의 등장으로 인터넷 매체를 통한 여가에 관심을 갖기 시작하며 등장한 것이 모바일 인터넷 게임이다. 게임을 즐기는 청소년들의 90% 이상이 모바일 인터넷 게임을 즐기고 있다는 것은 이미 게임이 청소년의 놀이 문화로 정착해 있다고 할 수 있다.

문제는 청소년들은 급속한 신체의 발달과 정서의 변화, 정체감의 위기, 사회적으로는 강한 자주성의 욕구가 있지만 여러모로 아직 미숙하고 자기중심적 사고를 갖고 있기 때문에 자신의 자아에 맞지 않는 모든 것에 대한 반발, 반항하여 폐쇄적이고 이기적인 자기중심적 비사회화 현상의 문제를 일으킬 우려가 있다. 그래서 e스포츠는 이들 청소년들에게 건전한 여가선용의 기회와 놀이 문화로서 긍정적인 기능을 할 수 있도록 청소년들의 문화화에 기여하여야 한다. e스포츠를 통한 팀을 이루고 배려하며 창의적인 사고력을 키워주면서 스스로에게 자신감을 가질 수 있도록 청소년의 문화를 선도해야 한다. 게임처럼 돈을 들여 아이템을 구입하지 않고 동아리 모임이나 공정한 리그를 통해 스포츠로서 게임을 즐길 수 있도록 시스템을 만들어 주어야 한다. 마치 방과 후 동아리 활동처럼 스스로 연습하고 게임 리그에 참여할 수 있도록 관리해주는 시스템을 통하여 청소년의 새로운 문화로 잘 정착할 수 있도록 환경을 만들어 주는 것이 시급하다.

e스포츠의 아시안게임
정식종목 채택의 의미

    e스포츠는 2018 자카르타 팔렘방 아시안게임에서 e스포츠가 시범 종목으로 채택되어 성공적인 대회를 치렀고, 2019년 마닐라 동아시아 게임에서는 지역 단위로 열리는 국제 스포츠 행사상 처음으로 정식종목으로 채택되었고 2020년 12월 16일 오만의 무스카트에서 열린 제 39회 아시아 총회 올림픽 평의회에서 의결하여 정식종목으로 추천되었고 최종적으로 아시안올림픽위원회(OCA)에서 2022년 항저우 아시안게임에 브레이크 댄스와 함께 정식종목으로 채택되었다. 2018 자카르타 팔렘방 아시안게임 시범 종목으로 e스포츠 종목 중 리그오브 레전드, 아레나 오브 발러, 프로

에볼루션 사커 2018, 스타크래프트 2, 하스스톤, 클래시 로얄 종목이 선정되었는데 우리나라는 스타크래프트 2에서 금메달을 획득했고 리그 오브 레전드에서는 은메달을 획득한 바 있다. 2022년 항저우 아시안게임에서도 메달이 기대됐지만 아쉽게도 중국이 코로나 확산으로 대회를 반납하는 바람에 무기한 연기 되었다. 아시안게임의 경기종목을 관장하고 대회를 관리하는 기구로서는 AESF(Asian Electronic Sports Federation)가 있으며 이 기구는 아시아올림픽위원회로부터 아시아 지역의 e스포츠를 관장하는 기구로 유일하게 승인받은 기구이다. 이러한 일련의 과정은 e스포츠가 정식 전문스포츠로서 인정을 받았다는 의미를 내포하고 있다. 다만 아직까지 우리나라 대한체육회에서는 준 가맹단체로서 정회원 자격을 받지 못하고 있다는 것은 아직도 e스포츠가 정식 스포츠로서 정비되어야 할 부분이 많다는 것을 의미하기도 한다. 더군다나 향후 올림픽의 정식종목으로 채택되기 위해서는 e스포츠가 아시아, 유럽, 아프리카, 북아메리카, 남아메리카, 오세아니아 등 6대주에 e스포츠를 관장하는 기구가 있어야 하며 올림픽의 정신을 실천할 수 있는 스포츠로서의 가치를 실천할 수 있는 특성을 지녀야 한다. 무엇보다도 중요한 것은 e스포츠가 보다 정확한 룰이 제도화되어야 하고 생활스포츠로서의 대중성과 스포츠 범주로 이해될 수 있는 종목의 기준과 선정이 중요하다. 지나친 폭력성이나 전쟁, 선정적인 게임 등은 배제되어야 한다. 즉

e스포츠가 건전한 국민 여가활동으로 확대되고 아시안게임 뿐만 아니라 올림픽에서 정식종목으로 채택되기 위해서는 스포츠로서의 특성과 흥미, 제도화가 시급하다고 하겠다. 또 한가지는 e스포츠는 축구나 야구 등 기존의 스포츠 종목과는 다르게 게임 프로그램을 개발한 회사의 지적 재산권의 문제가 야기될 수 있으며 e스포츠 프로그램을 개발하는 회사의 비즈니스에 의해 종목에 영향을 미칠 수 있고 상업적 목적으로 전락할 수 있다. 스포츠는 공공재로서의 가치가 중요하며 공공재로서의 가치를 부여받지 못하면 스포츠로서의 입지를 만들 수 없다. 따라서 e스포츠가 아시안게임의 정식종목으로 채택되었다는 것은 스포츠로서의 가능성을 더욱 확고하게 만들어가는 계기가 되었다는 것은 분명하다. 그러나 여기에 안주하여 게임개발회사나 일부 국가의 영향을 받아 공공재로서의 가치를 만들지 못하면 결국 사람들에게 외면받을 수밖에 없으며 스포츠로서의 지위를 상실할 수도 있다. e스포츠 진흥의 초점도 게임의 범주에서 무조건 확대발전시켜 나가고자 하는데 맞춰져서는 안된다. 먼저 e스포츠의 제도화와 공공재로서의 가치를 확립할 수 있도록 하면서 국민들에게 보편적 복지로서 e스포츠를 즐길 수 있는 환경을 만들어 나가야 한다. 그러한 노력이 전제되어야 e스포츠가 아시아를 넘어 올림픽 정식종목으로 채택될 수 있고 전세계적으로 사랑받는 스포츠 종목으로서 위치를 만들어 나갈 수 있을 것이다.

국민복지로서의 e스포츠

선진화된 현대사회에서 가장 중요한 키워드는 복지라고 해도 과언이 아니다. 복지는 선진국의 상징이자 당연한 권리로 인식되고 있다. 스포츠가 보편적 복지로서 인식되고 있는 유럽이나 미국의 경우를 보면 삶의 질 향상을 위해 남녀노소 누구나 다 스포츠활동을 복지 차원에서 공공재로서 보장받고 있다. 스포츠활동을 즐기고 참여할 수 있는 환경을 만들고 참여에 대한 다양한 혜택도 주고 있다. 사실 우리나라는 아직 보편적 복지가 정착되어 있지 않다. 복지는 사회적 약자 또는 빈곤한 부류의 기본적 삶을 위한 기본권 차원에서만 인식하고 있는 것이 현실이다. 즉 우리

나라의 스포츠 복지정책은 기본권에 입각한 격차 해소를 위해 사회적 취약계층, 경제적 취약계층, 지리적 취약계층 등 특정 대상만을 지원하는 형태인 재분배 정책에 초점이 맞추어져 이루어지고 있다고 하겠다.

스포츠 복지는 한마디로 말해서 전 국민의 건강증진과 삶의 질 향상 및 복지사회 구현을 목적으로 국가적 차원에서 스포츠 참여의 권리를 보장하도록 하는 사회서비스라 정의되어야 하며 국가적 측면에서 국민들의 스포츠 참여를 보장해주는 사회서비스를 의미한다. 스포츠 복지 범주에서 e스포츠 복지를 생각해야 할 때다. 지금까지 e스포츠는 게임의 범주를 벗어나지 못하고 있기 때문에 e스포츠의 장점보다는 폐해가 사람들의 머리를 지배하고 있다고 본다. 부모님들의 잔소리중 가장 많은 잔소리 중 하나가 자기 방에서 문 닫고 게임을 하고 있는 자녀들에게 "그만해라"하는 잔소리일 것이다. 청소년들에게는 익숙한 놀이로서 게임이 즐거움을 주는 오락이지만 부모님들에게는 아이들의 학업에 지장을 주는 금지놀이중의 하나일 수도 있다. 그러나 게임의 한 종목이었던 몇몇 게임종목들이 e스포츠라는 새로운 영역으로 분류되면서 아시안게임에서 정식종목으로 채택되고 스포츠의 한 영역으로 승인받으면서 사람들의 인식이 달라지기 시작했다. 게임이 청소년들의 전유물이 아니라 남녀노소 누구나 즐길 수 있는 스포츠로서 인식되기 시작했다. 따라서 e스포츠가 전 국민 모두에게 사랑받기 위해서는 폐쇄적 공간에서 특정계층이 즐기는 놀이가 아니라 개방적 공간에서 정신적으로 힐링이 되고 스트레스도 해소되고 즐거움을 줄 수 있는 스포츠 활동으로 변화될 필요가 있다. 누구나 쉽게 접근하고 이용할 수 있는 룰이 제도화되고 공간이 만들어지고 동호회활동으로 단계별, 지역별 리그 시스템도 도입해야 하는 등 보편적 복지로서 기본적인 조건들을 충족해야 한다. 특히 e스포츠는 기본적인 체력을 바탕으로 창의적 두뇌 활동과 미세 근육의 민첩한 움직임을 요구하기 때문에 두뇌 개발 및 치매예방에도 도움이 된다는 연구보고들이 있다. 즉 e스포츠는 대근육 활동은 아니지만 미세근육의 움직임을 통하여 두뇌활동을 촉진하고 성취감과 즐거움을 주기 때문에 청소년 뿐만 아니라 성인 및 노인에게도 건강한 스포츠활동으로서 충분히 가치있는 활동이기 때문에 보편적 복지로서 전 국민들에게 제공될 수 있도록 정책적 지원이 필요하다.

e스포츠가 보편적 복지로서 사람들에게 제공되기 위해서는 우선 광역 자치단체를 중심으로 e스포츠를 즐기고 교육받을 수 있는 e스포츠 시설 공간이 시범적으로 만들어져야 한다. 그 이후 개선방안을 고려하여 지역단위 시군구 동마다 복지관이나 자투리 공간에 e스포츠 활동공간을 만들어서 지역주민들이 언제든지 e스포츠활동을 하거나 교육을 받거나 쉴 수 있는 기회를 제공해야 한다. e스포츠가 보편적 복지로서 제공될 때 우리는 비로소 e스포츠가 국민들에게 사랑받는 인기있는 스포츠로서 자리잡을 것이다.

Column 06

e스포츠에 대한 생각을 바꾸자

최근 정보화 사회로 전환하면서 우리나라는 정보 통신관련 산업이 급속히 발전하였고 특히 IT 강국에 걸맞게 AI 산업과 VA 산업이 발전하면서 가상현실 세계를 게임화하는 기술적 발전이 이루어져 왔다. 그에 따라 PC나 콘솔게임에서 스마트폰으로 전환되는 모바일 전용 게임이 게임시장의 70% 이상을 점유하고 있다. 사회의 또 다른 문제로 부각되고 있는 것이 바로 핸드폰의 사용이다. 핸드폰이 손에 없으면 단 한 시간도 불안해서 견디지 못하는 사람들도 꽤 많아지고 있다. 버스나 지하철을 이용하는 사람들 대부분이 핸드폰을 쳐다보고 있으며 핸드폰에 의존하여 여가를 보내고 있다고 해도 과언이 아닐 정도다. 핸드폰 없이 단 하루도 살아가기 힘든 현대인들이 빼 놓을 수 없는 콘텐츠가 바로 게임이다. 게임을 하다 보면 시간 가는 줄 모르고 사회의 여러 가지 골치 아픈 일들도 잠시 잊곤 한다. 그러다 보니 잠자는 시간을 빼고는 핸드폰을 옆에 두고 생활하는 것이 일상이 되었다. 특히 학업 및 성과 중심적 청소년기에 건전하고 건강한 여가문화가 매우 중요한데 청소년기의 특징 중 하나인 자기조절 및 통제 능력의 제약으로 인해 많은 청소년들은 일상 탈출의 도구로 인터넷에 빠져들고 그중 대부분이 게임에 빠져들어 결국에는 온라인 게임이나 인터넷 중독에 빠져드는 것이다.

가정에서의 PC를 이용한 게임은 부모님들의 감시와 관리가 뒤따르기 때문에 사실 통제가 가능하다. PC방을 이용한 게임은 청소년들에게 경제적 부담이 되기 때문에 하루종일 PC방에서 죽칠 수 없다. 그러나 핸드폰을 이용한 게임은 통제가 거의 불가능하다. 밤이건 낮이건 시간만 되면 할 수 있는 것이 핸드폰을 이용한 게임이다. 우리는 가끔씩 그대로 아이들의 핸드폰 사용료가 2백만 원이 넘게 나오는 뉴스를 접하게 되는데 통신사에 부모님들이 항의를 하면 결국 문제는 아이들의 핸드폰을 이용한 게임이 원인이었다는 것을 부모가 알게 된다.

2021 e스포츠실태조사에 의하면 청소년들의 80% 이상이 모바일 게임을 즐기는 것으로 조사되었다. 이 중에서 약 15%가 게임

중독에 빠져 있다고 한다. 게임중독 현상으로 '게임을 못하면 무기력하고 우울해진다', '게임을 끊으려고 노력했으나 도저히 끊을 수 없다'라고 하는 등 자존감 상실 현상으로 나타나고 스스로 사회 친화적 인격 형성에 저해되는 것으로 인식하고 있다. 일반적으로 게임중독에 빠지면 소화불량, 불면증, 두통 등의 신체 증상과 눈의 피로로 인한 시력감퇴, 피로감과 수면 부족, 체력저하 등의 신체적 피해를 주고, 체력저하와 함께 심한 경우 환각, 착각 등 정신병 증세를 보인다고 한다. 또한 게임 중독인 청소년들의 경우, 학교에서 부정적인 학습 태도와 학습 흥미도에 부정적 영향을 줌으로써, 학습에 대한 자신감, 자기 주도 학습의 실패, 학습의 유용성의 저하를 가져와 낮은 학습 동기와 만족치 못한 학업성적 등으로 학교생활에 대한 적응력이 낮게 나타난다. 이러한 부적응력이 학습능력과 지각능력에도 부정적 영향을 줄 수 있기 때문에 잘못된 가치관과 신념 등으로 학업의 방해와 같은 학교 생활의 파괴의 요인이라고 주장하는 사람들도 많다. 일반적으로 게임중독은 청소년기의 발달과정에서 사회성에 부정적 영향을 미침으로써, 사회성 저하에 따른 대인관계 어려움, 스스로 문제해결 능력 및 대처능력 저하, 충동적이고 공격적 행동으로 통제력의 저하 등을 가져오는 것으로 부정적인 인식이 팽배하다. 게임중독은 청소년들뿐만 아니라 중장년에게도 가정 파탄의 원인이 되기도 하고 사회고립으로 폐쇄적 사회관계로 정상적인 삶을 유지하기가 힘들게 되는 경우도 있다. 그러나 그것은 게임에 대한 무방비, 무대책 속에서 게임이 주는 즐거움과 흥미, 쾌감, 자기만족에 쉽게 빠져드는 게임의 속성이 지배했기 때문이다. 이제는 게임이 아니라 e스포츠 시대다. 게임이 곧 e스포츠라는 오해와 착각이 e스포츠에 대해 게임의 폐해를 들먹이며 부정적인 편견을 부각시키지 말자. 게임의 많은 장르와 종류가 다 e스포츠라고 말해서는 안된다. e스포츠는 스포츠의 특성을 동일하게 가지고 있다. 오락성과 경쟁성, 제도화된 규칙, 시작과 끝의 명확성, 결과의 불확실성 등 스포츠의 요소를 포함하고 있어야 한다. 그리고 e스포츠를 관리하고 관장하는 기구가 있어야 한다. 이러한 조건을 갖추고 있다면 기존의 게임과 구분되며 게임의 편견을 e스포츠에 적용하지 못할 것이다. e스포츠가 게임과 같다는 편견과 인식을 바꿔야 한다. e스포츠는 말 그대로 스포츠다. 청소년들에게도 e스포츠의 활동을 제대로 알리고 지도하고 관리한다면 게임과 같은 폐해로 고민하지 않을 것이다. e스포츠가 아시안게임을 넘어 올림픽에서도 정식종목으로 채택되려면 e스포츠에 대한 긍정적인 인식이 널리 퍼져야 한다. e스포츠에 대한 인식이 바뀔 때 올림픽에서 정식종목도 가능할 것이고 생활스포츠로서, 보편적 서비스로서 확고한 위치를 만들어 갈 수 있으리라고 생각한다.

Column 07
생활스포츠로서 e스포츠를 바라보자

요즈음 전철이나 버스를 타면 청소년들뿐만 아니라 직장인, 여성들까지도 모바일 게임을 하느라 핸드폰에서 시선을 떼지 않고 있는 모습을 흔하게 볼 수 있다. 모바일을 통한 게임을 즐기는 국민들이 60%가 넘고 게임을 즐기는 국민들의 90%가 모바일 게임을 즐기는 것으로 조사된 바 있다. 그만큼 모바일을 통한 게임중독은 갈수록 심화되고 있다고 할 수 있고 게임과 e스포츠를 구분하지 않고 혼용하는 사례도 많다. e스포츠는 스포츠의 특성을 지닌 게임으로 기존의 게임과 명확하게 구분할 수 있고 또 구분해서 이야기해야 한다. 이러한 차원에서 e스포츠가 생활스포츠로서 인식되고 보급되기 위해서는 스포츠의 특성과 속성을 포함한 건전한 e스포츠로 위치를 스스로 만들어 가야 한다. 오프라인의 스포츠는 전문스포츠와 생활스포츠로 구분한다. 생활스포츠는 평생스포츠의 개념에서 비장애인, 장애인을 포함한 남녀노소 누구나 참여할 수 있는 보편적 스포츠의 개념이다. 우리는 생활스포츠를 모두를 위한 스포츠 즉 'Sports for All'이라는 용어로 생활스포츠를 지칭한다.

이러한 개념에서 본다면 e스포츠 역시 전문 프로게이머 영역인 전문 e스포츠 영역과 남녀노소 누구나 참여하는 생활스포츠로서 생활 e스포츠 영역으로 분류할 수 있다.

생활스포츠로서 e스포츠는 모두에서 언급한 바와 같이 남녀노소는 물론 장애인을 포함한 모두가 참여할 수 있는 e스포츠로서 그 역할과 기능을 수행해야 한다. 즉 생활스포츠로서 e스포츠의 역할은 개인 또는 단체의 일상생활에서 더 나은 삶을 영위하기 위하여 참여하는 자발적인 활동으로서 신체적, 정서적, 사회적으로 조화로운 발달을 추구하고 나아가 현대사회에서 보다 즐겁고 행복한 자아실현의 한 방편이라고 볼 수 있다. 이러한 개념에서 e스포츠는 보편적 복지의 기능을 수행하면서 모두에게 긍정적인 삶의 질을 가져다 주어야 한다.

생활스포츠는 아동에서부터 청소년, 성인, 노인에 이르는 수직적 인간 계층을 다 포함하고 있고 가정과 학교, 직장, 지역사회의 수평적 커뮤니티를 포함하고 있다. 수직적, 수평적 관계를 다 포함하고 아우를 수 있는 활동이 생활스포츠이기 때문에 무엇보다도 중요한 것은 보편적 복지로서 생활 스포츠를 실현하기 위한 필수 조건인 시설과 프로그램 그리고 지도자의 충족이다. 생활스포츠 특성상 시설은 지역 단위 요소요소 적절하게 설치되어야 하고 많은 사람들이 즐기기 위해서는 수준별 프로그램이 존재해야 한다. 그리고 무엇보다도 중요한 것은 이러한 프로그램을 운용할 수 있는 전문지도자의 배치일 것이다. 이러한 조건들이 충족할 때 생활스포츠에 참여하는 참가자들의 참여 만족도가 높아질 것이고 참여 확대가 이루어질 것이다. 마찬가지로 e스포츠가 생활스포츠로서 기능을 갖추고 인식되기 위해서는 e스포츠 시설이 지역 단위로 확충되어야 하고 다양한 e스포츠 프로그램이 개발되어 설치되고 이를 운용하고 지도할 전문 e스포츠지도자들이 요소요소에 배치되어야 한다. 이러한 조건의 충족 없이 e스포츠가 생활스포츠로서의 기능을 수행할 수 없고 인식될 수도 없다. 따라서 e스포츠가 생활 e스포츠로서의 역할과 기능을 수행하기 위해서는 우선은 정부차원의 스포츠지도사의 공인자격 범위에 e스포츠지도사도 포함할 필요가 있다. 아무리 좋은 e스포츠시설을 갖춘다 해서 프로그램을 운영하고 관리하고 지도하는 전문 e스포츠지도사가 없다면 생활 e스포츠로서 발전하기는 요원하다. e스포츠가 생활스포츠로서 역할을 기대한다면 생활스포츠와 마찬가지로 시

설과 프로그램 그리고 지도자의 충족 조건을 완성해야 한다. 이
것은 오로지 정부의 몫이다. 정부의 정책으로 생활 e스포츠가 완
성되기를 기대해 본다.

건강한 e스포츠 문화를 만들자

우리는 주변에서 게임중독에 빠져 학업을 등한시하는 자녀 때문에 고민하고 있는 학부모들을 자주 접한다. 최근에는 청소년들뿐만 아니라 성인들도 게임중독에 빠져 일을 내팽개치면서 가족 간에 갈등으로 어려움을 겪는 사람들을 종종 볼 수 있다.

특히 모바일 게임을 핸드폰으로 쉽게 접할 수 있고 버스나 지하철을 이용할 때 무료한 시간을 덜어주는 효자로 등장하면서 밥을 먹을때나 사람을 만날때에도 손에서 놓지 못하는 것이 모바일 게임이다. 청소년들은 파이터 게임에 푹 빠져 있고 여성들은 고스톱 게임이나 캐주얼 게임에 시간 가는 줄도 모르고 성인남성들은 리그 오브레전드나 피파 온라인 4 게임을 즐긴다. 이처럼 이제는 전 세대에 걸쳐 e스포츠게임은 새로운 문화로 우리 삶 속에 스며들어와 있으며 많은 문제점과 폐해가 있음에도 불구하고 통제하기가 쉽지 않은 영역이 바로 e스포츠 게임 영역이다.

그럼에도 불구하고 이제는 e스포츠를 건강하게 건전하게 전 세대에 걸쳐 즐길 수 있도록 건강한 e스포츠문화를 만들어 나갈 필요가 있다.

2022년의 통계를 보면 전 세대를 아우르는 e스포츠게임은 캐주얼 게임이라고 할수 있다. 캐주얼 게임은 모바일 게임 중 가장 인기 있는 카테고리로, 2022년에 전 세계적으로 174억 6370만 회 이상 다운로드할 정도로 인기가 높다. 그 이유는 캐주얼 게임 접근 자체가 낮은 진입장벽, 쉬운 규칙, 누구나 할 수 있는 짧은 세션으로 구성되어 있기 때문이다. 그중에서도 캔디 크러쉬 사가(Candy Crush Saga)와 같은 간단한 퍼즐 게임이 대표적으로 이 장르의 범주에 속하는데 다들 한 번쯤은 해본 게임일 것이다.

이처럼 e스포츠는 새로운 문화로서 세대간 · 사회간 통합을 가능하게 하는 신문화코드라고 할 수 있다. 문화체육관광부에서도 e-Sports innovation 2.0을 통해 2010-2014년 중장기 e스포츠 발전 계획안을 발표한바 있고 현 정부에서도 e스포츠의 혁신과 제2의 도약을 위한 정책적 방향의 재정립과 생활스포츠형 e스포츠로 보편적 국민복지 차원에서 확산 계획을 가지고 국가 브랜드화를 완성하고자 지원하고 있다. 이제 e스포츠는 단순히 소수의 매니아만이 즐기는 게임문화가 아니고 건강한 문화로서 e스포츠 문화가 정착 될 수 있도록 진입장벽을 낮게 하고 규칙을 단순화면서도 오락적 요소와 경쟁적 요소를 가미한 참여적 e스포츠 문화로 만들어 나가야 한다. 특히 일반적인 스포츠에 비해 신체적 제약에서 자유롭다는 이점을 부각시켜 장애인과 실버계층을 위한 주요 사회적 자원으로 활용 가능성을 높여야 하며 노인의 치매 예방을 위한 예방활동으로도 인식될 수 있도록 사회전반의 참여를 확산할 수 있는 건강한 e스포츠문화가 정착되도록 하여야 한다.

게임산업진흥에 관한 법률 제2조 3항에서 언급한 생활 e스포츠는 여가와 친목도모를 위하여 행하는 자발적이고 일상적인 e스포츠활동이라고 정의했듯이 세대와 계층이 함께 어울리고 즐길 수 있는 e스포츠 문화가 정착될 때 세대간, 계층간 갈등도 해소될 수 있고 문화적 갈등도 해소될 수 있다.

따라서 건강한 e스포츠 문화를 만들어 가는 데에는 정부가 앞장서고 지역사회가 환경을 구축하고 지역주민이 참여하는 선순환 구조를 통하여 정책과 재원지원, 환경 그리고 국민 참여의 삼위일체 시스템이 구축되어야 건강한 e스포츠 문화를 만들어 나갈 수 있다.

Column 09

e스포츠에 관한 정부정책은 무엇인가

현 정부에서 내세웠던 e스포츠 정책제안은 지역연고제다. LOL(리그 오브 레전드)나 배틀그라운드와 같은 e스포츠 산업에 프로야구처럼 지역연고제를 도입하는 것이다. e스포츠 경기장을 설립하는 등 활성화를 통해 세대와 지역, 종목 편중화를 해소한다는 목적이었다. e스포츠를 관장하는 정부 기관은 문화체육관광부다.

2023년 문화체육관광부 예산안이 8월 30일(화), 국무회의를 통과하며 6조 7,076억 원으로 편성됐다. 문체부는 우리 문화가 국민과 세계인의 마음을 사로잡아 대한민국이 세계 일류 문화 매력 국가로 도약할 수 있도록 적재적소에 필요한 예산을 효과적으로 편성하였다는 것을 강조하였다. 구체적인 예산지원 정책 방향은 "민간의 자유로운 창의·혁신 뒷받침, 공정하고 차별 없이 누리는 문화·체육·관광, 세계인과 함께하는 한국문화"라는 3가지 정책 기조를 우선 고려하여 예산을 지원할 계획이라고 발표하였다.

e스포츠를 담당하는 부서는 문화체육관광부의 게임콘텐츠 산업과이다. 게임콘텐츠산업과의 2023년 정책 방향은 "게임 개발단계별 지원강화 및 건전게임문화 조성"이며 이를 실현하기 위해 "게임 개발단계별 지원강화 및 취약장르 지원을 통해 산업기반 육성, 건강한 게임문화 정착을 위한 관련 교육확대 및 e스포츠 기반 강화"의 정책 목표를 설정하고 예산을 지원할 계획이다. 즉 게임기업 육성의 목적을 달성하기 위하여 게임 개발단계별 지원강화 및 취약장르 지원을 통한 산업기반 육성에 381억 8,500만 원의 예산을 편성하였고 게임 활성화 생태계 조성 목적으로 건강한 게임문화 정착을 위한 관련 교육확대 및 e스포츠 기반 강화를 위해 145억 8,000만 원으로 편성하였다.

이 가운데 e스포츠 관련 정책 추진영역은 아마추어 e스포츠 대회 확대 및 장애인 대회개최, e스포츠 전문인력 양성기관을 지정(5개소)하여 교육 운영의 두 영역이다. 여기에 투입되는 예산은 20억 원 내외로 미미한 수준이다. 이러한 현 정부의 e스포츠 정책 기조를 보면 e스포츠활성화와 진흥에 대한 지원 의지가 있는가 하는 의문이 든다. 대체적으로 정부의 출범 초기에 그 정부의

정책 방향이 확실하게 수립되고 지원이 강화되는 것이 일반적이다. 그러나 현 정부는 초기 e스포츠의 지역연고제와 e스포츠 경기장 건설 등 e스포츠 활성화와 진흥에 관한 적극적인 정책수립을 기대하게 했었다. 그러나 2023년 정부의 정책방안이나 예산지원 방안을 보더라도 이러한 적극적인 의지는 찾아보기가 힘들다.

e스포츠는 우리나라가 종주국이라는 것은 자타가 인정하고 있는 상황이지만 만만치 않게 추격해오고 있는 나라는 중국과 일본

을 비롯해서 미국 등 많은 나라들이 국가 정책으로 지원을 확대해 가면서 세계 e스포츠 시장을 점유해 나가고 있다. 단순히 게임중 독이나 폐해 때문에 e스포츠 정책지원을 주저하고 있다면 IT 강 국으로서 e스포츠를 주도해나가고 있는 우리나라는 조만간 이러 한 나라들에 의해서 추격당하고 뒤로 처지게 될 것이다.

2023년의 e스포츠에 관한 정부 예산도 늘려야 한다. e스포츠 전 문인력을 양성하기 위해서는 대학의 교육과정도 중요하지만 먼저 e스포츠 환경 개선과 시스템부터 정비하고 새롭게 구축해야 한 다. 그리고 e스포츠 전문지도사 자격제도나 연수과정에도 적극적 으로 지원방안을 모색해야 한다. e스포츠 환경을 개선하는 것은 이들 전문인력의 취업과도 연계되어 있기 때문이다. 초중고 학교 마다 e스포츠 교실이나 동호회클럽을 지원하는 정책과 지역사회 공공복지관 및 문화체육센터 등 복지시설에 e스포츠 교실을 개 설하고 동호회를 운영할 수 있도록 정책지원이 되어야 전문인력 양성도 의미가 있는 것이다. e스포츠가 보편적 복지로서 국민 모 두에게 행복한 즐거움을 줄 수 있는 정책 확대가 아쉽다. 남녀노 소 누구나 e스포츠로 행복한 사회를 구현하는 그러한 정책을 펼 쳐주기를 기대한다.

Column 10

e스포츠와 메타버스

　최근에 사회적으로 이슈가 되고 있는 단어가 있다. 현 정부에서도 강조하는 영역이자 단어이기도 하다. 바로 '메타버스'라는 단어다. 아마도 인터넷을 즐기는 사람들은 '메타버스'라는 말을 한번은 들어 봤을 것이다. 메타버스는 '초월'의 뜻을 지닌 메타(meta)와 '세계'를 의미하는 '유니버스'(universe)의 합성어로, '가상으로 확장된 현실 또는 물리적으로 지속되는 가상세계'로 설명할 수 있다. 메타버스 개념의 출발점은 '세컨드 라이프'와 같이 아바타로 탐색 가능한 3D 그래픽 기반 가상세계를 의미하나, 그 발전 방향은 기술 전반에 걸쳐 보다 광범위한 현상으로 나타나 있고 특히 VR 게임의 확장 영역으로 e스포츠 게임의 영역에서도 기술개발이 이루어지고 있다. 메타버스는 1992년 SF소설가인 닐 스티븐슨(Neal Stephenson)에 의해 최초로 사용되었으며 스티븐슨은 본인의 소설 '스노우 크래쉬(Snow Crash)'의 주요 무대를 현실의 대도시를 본 딴 3D 가상세계로 가정하고 메타버스라는 용어를 사용하였다. 소설 속 허구적 세계였던 메타버스가 현실화된 것은 2003년 '세컨드 라이프(Second Life)'가 등장하면서부터다. '세컨드 라이프'의 개발자들은 '스노우 크래쉬에 묘사된 메타버스를 3D 컴퓨터 그래픽 환경으로 구현'하겠다는 목표아래 현실과 유사한 생활이 가능한 3D 가상세계를 구축하였다. MMORPG(Massively Multiplayer Online Role-Playing Game)를 중심으로 한 게임형 가상세계가 주를 이루고 있던 당시, '세컨드 라이프'는 사용자 제작 툴을 제공해 생산 및 판매 활동을 장려하고, 현실 세계와 가상 세계를 연결하는 차별점을 강조하며 사회형 가상세계의 표본을 제시하였다. 그리고 최근, 유례없는 코로나19의 대 유행 상황 아래 비대면 환경의 중요성이 부각되면서 메타버스 생태계는 또 한 번 변곡점을 맞이하였다. 3D 그래픽 가상세계를 주로 지칭하던 메타버스의 범위가 현실과 가상의 경계를 허무는 다양한 시도와 기술을 포함하는 발전적 개념으로 확장되고, 미래 주목받는 새로운 게임의 영역으로 등장 한 것이다. '메타버스가 온다(Metaverse is coming)'며 포스트 인터넷으로서의 가상현실 공간의 가능성을 선언한 엔비디아의 CEO 젠슨 황의 연설이후 약 370억 달러의 가치를 인정받은 〈로블록스〉, 2억 명 이상의 사용자 수가 늘어난 〈제페토〉의 현실에 이르기까지, 메타버스는 문화의 트렌드이자 시대의 대표 키워드로 자리 잡았다. 최근에는 미국의 바이든 대통령과 윤석열 대통령도 선거에 메타버스를 이용하여 선거활동을 할 정도로 주요 관심의 대상이 되고 있다. e스포츠 영역에서도 메타버스는 가상세계를 현실세계의 공간으로 유도하여 그 게임에 직접한 일원이 되어 매우 활동적이며 적극적으로 참여할 수 있는 e스포츠가 가능하도록 해 주고 있다. 가령 '무하마드 알리'나 '펠레', '마라도나' 같은 전설적인 운동선수를 메타버스로 소환하여 함께 게임을 할 수 있으며 '마이클 조던'과도 농구시합을 할 수 있는 e스포츠 게임이 가능하다. 뿐만 아니라 이들의 전성기 시절 최강팀을 소환하여 현재의 최강팀과의 경기도 가능하다. 즉 우리가 알고 싶고 만나고 싶은 레전드를 메타버스 세계로 소환하여 함께 게임을 하거나 그들의 장점을 배울 수 있는 기회가 되고 최후의 최강한팀을 가리기 위한 경쟁도 가능한 것이다. 현재의 VR기술력이라면 메타버스가 e스포츠 게임세계의 주류가 되면서 메타버스가 e스포츠의 새로운 영역으로 등장할 날이 멀지 않을 것이다. 메타버스 e스포츠 게임의 등장은 우리에게 또 다른 e스포츠 게임을 경험하게 하고 흥분하게 하는 중요한 키워드일 것이다.

Column 11

e스포츠의 윤리 강령을 만들어야 한다

 최근 e스포츠로 불리우는 게임들이 범람하고 있다. 특히 스마트폰이 일반화되면서 버스나 전철에서 게임을 즐기는가 하면 심지어 걸어다니면서도 게임을 하는 사람들이 생길정도다. 그만큼 e스포츠로 불리우는 게임은 언제 어디서나 '플레이 스토어'를 통해서 쉽게 접할 수 있기 때문에 스마트폰의 기능을 몰라도 게임 앱을 다운로드 받아 게임을 하는 세대의 폭이 늘어나고 있다. PC 방에서 음식을 먹어가며 하루 종일 게임만 하는 사람들도 PC방을 가보면 쉽게 만나볼 수 있다. 전철에서는 게임을 방해한다는 이유로 나이 어린 학생이 할아버지뻘 되는 어르신에게 소리지르며 막

말을 해대는 경우도 종종 일어난다. 횡단보도를 건너면서 게임에 열중하다가 교통사고가 일어나는 경우도 염려스러운 일 중의 하나다. 우리는 이미 게임중독이나 과몰입에 대해서는 사회적으로 유의미하게 바라보고 있지만 e스포츠라는 새로운 개념으로 게임을 언급하면서 어쩌면 게임의 폐해나 중독현상을 그냥 모르는 척 사회적 무관심 속으로 묻으려는 움직임도 염려스럽다. 일반적인 스포츠도 그 스포츠를 행함에 있어 참여자들의 윤리의식을 강조하고 그에 따른 제재도 강화되고 있다. 그중의 하나가 도핑이라는 약물검사를 통해 정상적인 훈련을 통한 경기력의 경쟁만을 유도하고 있다. 또한 승부 조작이나 뒷돈을 챙기는 지도자들에게는 형사 처벌을 포함한 엄격한 제재를 실시하고 있다.

e스포츠도 마찬가지로 순수 프로그램의 기능을 통한 참여자의 창의력과 집중력 그리고 순발력 등 정상적인 경쟁 구도만 존재하는지 살펴볼 필요가 있다. e스포츠 게임 중에서 슈퍼계정을 보유한 유저들 중에 국적을 속이거나 욕설을 하는 등 솔로랭크를 어지럽히는 행동을 하는 경우나 최소한 6시간에서 10시간의 게임 참여로 얻을 수 있는 코인채굴 시스템, 그리고 리그 오브레전드 등과 같은 게임에서 자주 일어나는 사용자 설정 게임 시 플레이어의 불건전한 행위나 요구 등을 제재할 수 있는 윤리적 기준이 필요한 시점이다. 특히 e스포츠는 게임 제작사의 상업성이 강하게 강조되면서 게임 시 코인채굴이나, 피파와 같이 경기 순위를 끌어

올리기 위해 게임에서의 선수 능력치를 과도하게 산정하는 등 비용지출을 유도하는 경우가 많은데 이러한 상업성이나 플레이어의 도덕성 등을 제한하고 조율하면서 공익적 가치를 중시하는 윤리적 준거가 필요하다. 최소한의 윤리 강령이 마련된다면 e스포츠 역시 스포츠로서의 공익성과 공정성 그리고 게임 자체의 즐거움을 줄 수 있는 새로운 스포츠로서의 국민적 사랑을 받을 수 있을 것이다. 이러한 윤리적 준거가 없다면 e스포츠는 스포츠로서의 가치보다는 프로그램 제작사와 이벤트 기획사의 배만 불려주는 상업적 활동에서 벗어나지 못할 것이다.

이제는 e스포츠의 보급과 확장에 앞서 윤리적 책임 한계를 스스로 규정하고 지켜나갈 수 있는 도덕적 규범에 대한 고민을 해야 하지 않을까 생각한다. 진정 e스포츠가 남녀노소 누구에게나 사랑받고 즐길 수 있는 스포츠가 되기 위해서는 정부뿐만 아니라 게임 제작사는 물론 게이머나 플레이어 그리고 참가자들에게 공공의 유익함을 보장하기 위한 윤리적 기준과 판단에 대해서 함께 고민하고 지켜나갈 수 있는 최소한의 규약을 만들고 이에 대한 윤리서약을 통하여 e스포츠로 즐거운 세상을 만들어 나가야 한다.

Column 12

e스포츠마케팅과 홍보의 관점을 바꾸자

지금까지 e스포츠 활성화 및 산업화를 주도해 온 단체는 프로 그램을 개발한 개발사라고 할 수 있으며 이들은 자사의 프로그램을 이용하는 e스포츠 소비자를 확대하는 데 목적이 있으며 이러한 목적을 달성하고자 하는 이유는 그 자체가 자사의 수익창출과 연관되어 있기 때문이다.

대부분의 e스포츠 구단은 이러한 게임 프로그램을 개발하는 개발사의 후원과 리그에 참여하는 프로게이머들이 소속되어 있다. 즉 게임 개발사와 e스포츠 구단, 프로게이머의 관계가 뗄 수 없는 긴밀한 관계를 유지하고 있는 것이다.

이러한 e스포츠 산업의 구조적 측면을 살펴보면 프로게임구단에 소속되어 있는 프로게이머들은 e스포츠 대회에 직접 참가하여 게임의 장면을 소비자들에게 보여줌으로써 e스포츠 대회를 통한 관심과 흥미를 자아내고 다양한 미디어의 e스포츠 중계를 통해서 기업은 e스포츠 미디어를 시청하는 소비자에게 e스포츠를 후원하는 자사의 제품 및 브랜드를 홍보함으로써 수익창출을 도모하고 있다.

이처럼 e스포츠는 경기 자체를 미디어를 통하여 노출시킴으로써 소비자로 하여금 e스포츠라는 상품을 소비하고 후원하는 기업의 제품을 구매하는 구조로 마케팅이 이루어지고 있다.

이러한 구조는 스포츠마케팅의 일반적인 마케팅 구조와 비슷하다. 일반적인 스포츠마케팅은 스포츠 제품을 통해서 소비자의 욕구를 충족시키고 스포츠와 관련된 조직의 목표달성을 위한 창조적 교환 활동이다. 이러한 스포츠마케팅은 마케팅의 주체에 따라 스포츠 자체의 마케팅(Marketing of Sport)과 스포츠를 통한 마케팅(Marketing through Sport)으로 분류된다. 스포츠 자체의 마케팅은 스포츠를 직접적으로 상품화하여 판매하고 서비스를 제공하는 것으로 관람 스포츠와 참여 스포츠산업의 관점에서 볼 때 관중 및 회원 수의 증가를 위해 실행되는 마케팅이다.

스포츠를 통한 마케팅은 기존의 기업이 제품 및 서비스의 프로모션을 위해 스포츠를 이용하는 것으로 스폰서십이 대표적이다. 이러한 스포츠마케팅은 이미 많은 스포츠 영역에서 보편적으로

활용되고 있다. 특히 인기 스포츠일수록 스포츠마케팅을 통한 수익 창출을 하고자 하는 기업의 참여가 적극적이다. 그러나 e스포츠의 경우는 이러한 인기 스포츠가 누리는 마케팅 효과를 아직은 기대할 수 없다. e스포츠 마케팅은 두 가지 관점을 생각해야 한다.

첫 번째는 e스포츠의 저변확대를 위한 e스포츠 자체의 마케팅 전략이 필요하다. 대부분의 국민들은 e스포츠가 무엇인지 아직 잘 모른다. 아직은 일부 e스포츠 매니아들만이 알고 있는 정도이다. 청소년들도 게임이라는 용어가 더 익숙하다. 국민의 0.1% 수준밖에 안되는 e스포츠 전문가 집단 이외에는 대부분의 청소년들이

나 성인들은 게임으로 더 친숙하고 유익성보다는 폐해성에 대한 염려로 부정적인 견해가 더 많다.

스포츠로서의 게임 즉, e스포츠는 이러한 염려로부터 차별화되고 분리되는 노력과 시도가 필요하다. 따라서 지금은 e스포츠를 통하여 기업이 광고 효과를 얻고 제품판매를 통한 매출을 높이기 위한 마케팅보다는 e스포츠 자체의 긍정적인 이미지를 부각하고 e스포츠에 대한 올바른 이해를 통한 건전하고 건강하게 즐길 수 있는 공익적 측면에서의 e스포츠 자체 마케팅이 우선해야 한다.

장기적인 e스포츠의 마케팅 전략을 통하여 e스포츠가 우리의 삶에 건강하고 활력을 줄 수 있는 또 하나의 즐거움이라는 것을 인식시킬 필요가 있다. 두 번째는 정부 뿐만 아니라 각 지자체별 e스포츠를 즐길 수 있는 공공재로서 e스포츠 마케팅을 펼쳐야 한다. 즉 지자체마다 e스포츠 경기장 및 체험장 그리고 교육프로그램을 개발하여 지역사회 복지 차원에서 e스포츠 마케팅 전략이 필요하다.

e스포츠는 남녀노소 누구에게나 유익하고 쉽게 접근하고 스트레스를 풀 수 있는 힐링 콘텐츠이자 치매 예방 등 정신건강에도 도움을 줄 수 있는 신 스포츠 영역임을 홍보할 수 있는 마케팅 전략이 필요하다. e스포츠가 생활화 단계에 돌입했을 때 기업도 e스포츠를 통한 마케팅을 적극적으로 펼쳐 나가리라고 생각한다. 결론적으로 국민과 지역사회에 더 친숙한 e스포츠 마케팅이 될 수 있도록 e스포츠 마케팅과 홍보에 대한 인식과의 관점을 바꿔야 한다.

Column 13

노인의 여가활동으로서 e스포츠

아직도 e스포츠가 청소년들의 전유물이라고 인식하고 있는 사람들이 있는지 모르겠다. 그러나 e스포츠가 노인들의 새로운 여가 콘텐츠라고 생각하는 사람들이 과연 얼마나 있을까? 최근까지도 노인대학이나 노인정에 모이면 바둑이나 장기를 두거나 그렇지 않으면 화투놀이가 여가활동의 대부분이다. 그 이후에 스포츠 활동으로서 게이트볼이나 스포츠댄스를 즐기는 노인들이 많아졌으나 대부분의 노인들에게 컴퓨터나 스마트폰의 앱을 이용하여 여가활동을 하는 것은 꿈도 꾸지 못하는 일이었다. 그만큼 노인들에게 즐길 수 있는 여가 활동은 제한적이었고 그저 아프지 않고 사회의 언저리에서 자식들의 눈치만 보면서 하루하루를 무의미하게 보내는 노인들이 점차 늘어나고 있다. 이미 우리 사회는 고령화 사회를 넘어 초고령화 사회로 접어들고 있지만 그에 따른 노인들의 여가활동의 질이나 양은 따라가지 못하고 있는 실정이다.

현대사회를 100세 시대라고 하고, 인간의 수명이 그만큼 늘어나고 있는 많은 현상들을 사회 전반적에서 인식되고 있다. 그 내면에는 육체적인 건강과 정신건강의 예방과 치료기술의 발달 등 현대 의학의 영향도 있었겠지만 무엇보다도 여가활동을 스포츠활동으로 건강하게 즐기고 참여하고자 노력하는 인구가 그만큼 늘어난 이유도 크게 작용했으리라 생각한다. 문화체육관광부가 발행한 2021년 체육백서의 내용을 보면 2021년 기준 주 1회 이상 정기적으로 운동을 하고 있는 비율은 60%가 넘는다. 이러한 운동 참여율은 10년 전 30% 수준에 비하면 2배 이상 증가된 현상이며 생활체육활동에 한 번이라도 참여한 사람들이 85%가 넘는 수준에 이르고 있어 운동건강으로 여가생활을 즐기려는 국민들의 인식이 갈수록 높아지고 있는 것을 알 수 있다. 그러나 참여자 대부분 걷기와 등산 그리고 헬스에 치중되어 있으며 e스포츠활동은 생활체육활동 영역에서 제외되어 있어 참여수준을 파악하기가 쉽지 않다. 한국콘텐츠진흥원에서 발표한 2021 e스포츠실태조사 보고서에서도 e스포츠 참여율은 찾을 수가 없었으며 다만 e스포츠 시청율은 조사되었는데 유튜브를 통한 월 2회 이상 e스

포츠를 시청하는 비율은 55.8%로 나타났으나 아쉬운 것은 연령
별 남녀별 시청률이 없어 노인 연령대에서 e스포츠를 얼마나 시
청하는지 알 수가 없었다.

　우리가 초고령화 사회를 대비해 다양한 복지서비스 콘텐츠를
개발하고 제공하고 있다고 하지만 실질적으로 현장에서는 그렇
지 못하다. 60세 이상 어르신인 노인연령층이 즐길 수 있는 여가
활동이 많지 않은 것도 사실이지만 60세 이상 고령층에서 나타나
는 각종 질병 즉, 운동 부족으로 오는 비만, 고혈압, 골다공증, 류
머티즘 관절염 등 각종 성인병을 예방하고 관리하는 복지 시스템
이 부족한 것도 사실이다. 뿐만 아니라 고령화 사회에서 가장 심

각한 문제 중의 하나가 노인성 치매의 발병률이 점점 높아진다는 것이다. 노인성 치매 예방에 e스포츠 활동이 긍정적인 영향이 미친다는 것은 이미 많은 연구보고에 의해서 증명되고 있다.

e스포츠가 여가활동으로서 노인에게 주는 의미는 특별하다. e스포츠의 특성상 고도의 집중력과 빠른 두뇌회전을 요구하고 손끝까지의 말초근육과 신경의 활발한 움직임을 요구한다. 또한 경쟁은 동기유발의 기준이 되고 승리 또는 목표달성에서 오는 스트레스 해소, 쾌감, 행복감을 줄 수 있다. 외롭고 소외된 노인들에게는 소통의 수단이 되고 의미있는 친교활동이 될 수 있다. 몸이 불편하여 많은 움직임을 요구하는 스포츠활동은 못하지만 두뇌의 회전과 미세한 말초신경을 활발하게 사용할 수 있는 e스포츠야말로 노인들에게 장려해야 할 여가활동인 것이다.

이제는 e스포츠가 몇몇 프로게이머의 전유물이 아니고 청소년들만의 여가활동도 아니다. 이제 e스포츠는 사회에서 노인들에게 삶의 새로운 즐거움을 줄 수 있는 여가활동으로 적극 권장하고 프로그램을 확대해야 한다. 이제는 노인정이나 복지관에 e스포츠를 즐길 수 있는 컴퓨터나 게임기가 설치되어 노인들에게 활력있는 삶을 영위할 수 있도록 해야 한다. 그러한 환경을 만들기 위해서는 노인 e스포츠지도사도 함께 양성하여 지역사회에 배치하여야 한다. 노인 e스포츠지도사의 역할은 컴퓨터를 모르고 게임을 모르는 노인들에게 찾아가는 e스포츠지도사가 되어 하나하나 자세하게 가르쳐드리고 지도할 수 있는 동반자 및 상담자로서의 역할이 중요하다. e스포츠 활동이 노인의 치매 예방 및 건강증진, 활력을 불어 넣어줄 수 있는 새로운 여가활동으로서의 가치를 인식하고 환경을 만들어야 한다. e스포츠가 노인들에게 중요한 여가활동으로 활용되는 시대가 곧 도래하기를 기대해 본다.

Column 14

e스포츠지도사의 역할

2022년을 기준으로 국내 e스포츠실태보고서를 보면 국내 e스포츠학과는 조선대학교, 전남과학대, 조선이공대학교, 국제대학교, 수성대학교와 은평메디텍고를 비롯한 4개 고등학교에 개설되어 있다. 최근 국가직무능력표준(NCS, National Competency Standards)은 산업 현장에서 직무를 수행하기 위해 요구되는 지식·기술·태도 등의 내용을 국가가 체계화한 교육과정으로 대학의 직무능력을 고려한 교육과정을 개설할 수 있도록 하고 있다.

여기에 기준하여 e스포츠지도에 대한 개념을 정리한 바 있는데 e스포츠지도사란 e스포츠 경기 규정에 따라 컴퓨터 통신이나 인터넷을 통해 온라인으로 게임을 진행하는 MOBA형 경기, FPS형 경기 및 RTS형 경기 및 스포츠형 경기에 필요한 기능, 기술, 팀워크 및 전략·전술을 지도하는 능력을 갖춘 사람으로 명시되어 있다.

뿐만 아니라 의사소통능력과(경청 능력, 기초 외국어 능력, 문서 이해 능력, 문서 작성 능력, 의사 표현 능력) 자원관리능력(물적 자원 관리 능력, 시간 자원 관리 능력, 예산 자원 관리 능력), 인적 자원관리 능력(대인관계능력 갈등 관리 능력, 고객 서비스 능력, 리더십 능력, 팀워크 능력, 협상 능력), 정보 획득 능력 및 정보 처리 능력(컴퓨터 활용 능력, 기술능력, 기술 선택 능력, 기술 이해 능력, 기술 적용 능력) 등을 요구하고 있다. 또한 'e스포츠 지도'에 포함되지는 않은 직업기초능력으로 '수리능력', '문제해결능력', '자기개발능력', '조직이해능력', '직업윤리'를 요구하고 있다.

그러나 대학과 고등학교의 e스포츠학과의 교육과정은 프로게이머 양성에 목표를 두고 있고 교육과정 역시 게임경기력을 위한 교과목이 대부분이며 전문 e스포츠게임선수를 양성하고 있다. 물론 이러한 대학교 및 고교 과정에서 선수양성에 중점을 두고 있는 것은 e스포츠의 관심과 미디어의 참여를 유도하는 데는 도움이 되리라고 생각하지만, e스포츠의 대중화, 산업화, 공익화에는 얼마나 기여할지는 의문이다.

한국e스포츠진흥협회에서 2022년도에 문화체육관광부로부터 승인받은 e스포츠지도사 1급 과정은 생활스포츠지도사 1급, 2급

과정과 유사하다. 아직은 사단법인으로부터 부여되는 e스포츠지도사 자격이지만 향후 체계적인 지도사 양성을 지속적으로 만들어 간다면 머지않아 정부의 공인 자격증으로 발전하리라 믿는다.

e스포츠지도사가 꼭 필요한 이유는 e스포츠의 공익적 가치가 크기 때문이다. 남녀노소 누구나 다 참여할 수 있는 영역이 e스포츠이고 가족은 물론 친구나 연인끼리도 참여할 수 있고 특히 노인들에게는 치매 예방 등 신체적 건강뿐만 아니라 정신건강에도 유익하다는 것은 이미 보고된 바가 있다. e스포츠지도사는 e스포츠지도사의 자격 종목에 대하여 e스포츠 전문지도나 e생활스포츠를 지도하는 사람을 말한다. 이것은 국민체육진흥법에 명시되어 있는 체육지도자의 지도 내용(스포츠 종목, 운동처방), 지도 대상(유소년, 노인, 장애인 등), 분야(전문체육, 생활체육) 및 수준(1급, 2급) 등을 기준으로 스포츠지도사를 세분화한 것처럼 e스포츠지도사도 지도내용과 지도대상 그리고 지도 분야에 따라 세분화하여 전 국민이 모두 혜택을 받을 수 있도록 e스포츠지도사의 역할을 세분화하여야 한다.

세분화된 e스포츠지도사의 역할은 e스포츠 게임을 알기 쉽게 설명하고 지도하며 유소년부터 노인, 장애인의 건강한 삶을 위해 상담하고 게임을 즐겁게 참여함으로써 e스포츠를 통한 삶의 활력을 얻을 수 있도록 함은 물론 e스포츠를 건전하고 건강하게 생활화할 수 있는 역할을 담당해야 한다. 따라서 이러한 e스포츠지도사의 양성에 대한 정부의 적극적인 지원과 홍보가 필요하다. 이제는 모바일을 통한 언제 어디서나 e스포츠를 즐길 수 있는 환경이 구축되어 있기 때문에 이를 적절하게 관리하고 지도하고 상담하는 e스포츠지도사의 역할이 그만큼 커지고 중요하다고 할 수 있다.

Column 15

학원의 방과 후 e스포츠 교실을 운영하자

최근 중고등학교 청소년들의 방과 후 스포츠활동은 매우 활발
하다. 축구클럽을 만들어서 운영하고 농구팀을 만들어서 아마추
어 리그에 참여하고 그러면서 그들은 소속감과 자긍심, 동료애로
똘똘 뭉친다. 대게 스포츠활동에 참여하는 학생들은 스스로에 대
한 위기관리 능력도 뛰어나고 협동심과 희생정신도 함께 익혀 나
간다. 그것이 사회성이자 사회적 인간으로서 사회화되어 가는 것
이다. 그러나 청소년들이 가장 쉽게 접근하고 많이 이용하고 있
는 것은 바로 게임이다. 우리는 이것을 e스포츠라고 이야기하고
있다. 일반적인 게임은 사행성이 있고 게임콘텐츠나 게임머니를

무모하게 구입하거나 장시간 게임에만 과몰입하는 등 폐해로 인한 청소년들의 사회문제가 되기도 한다. 그러나 e스포츠는 정해진 규정에 따라 정상적인 경기를 할 수 있도록 시스템이 되어 있고 리그를 통해 순위가 결정되고 꾸준한 훈련을 통한 경기력이 향상되기 때문에 금전적인 소비를 유도하거나 장시간 게임에만 몰입하지 않도록 하고 있다.

그러나 학교의 실정에 따라 체계적인 교육을 받은 전문 지도사가 배치되어 있지 못하는 실정이다. 아직까지는 국가공인의 자격 과정도 개설되어 있지 않기 때문에 중고등학교에 e스포츠 교실을 개설한다해도 가르치고 지도할 e스포츠지도사가 없는 것이다. 청소년들의 놀이의 중요한 영역을 담당하고 있는 e스포츠이지만 스스로 알아서 할 수밖에 없는 현실적인 문제점이 e스포츠에 대한 순기능을 약화하고 사행성 있는 게임으로 전락시키는 경우가 많다. 이러한 이유로 아직 중고등학교에서 e스포츠 교실을 운영한다는 것에 많은 부담을 느끼고 있는 것도 학교 현장의 실태이다. 그럼에도 불구하고 학원에서 e스포츠 교실을 방과 후 프로그램으로라도 운영할 필요가 있다고 주장하고 싶은 이유는 e스포츠에 대한 청소년들의 관심과 참여가 그 어느 연령대보다 높기 때문이다. 따라서 중고등학교 학원에서의 방과 후 e스포츠 교실을 운영하고 지도하고 관리할 수 있는 e스포츠지도사의 양성이 무엇보다도 시급하다고 하겠다. 현재 사단법인 한국e스포츠진흥협회에서 주관하고 있는 e스포츠지도사 과정은 이러한 임무를 수행할 수 있는 전문 e스포츠지도사를 양성하고 배출하고자 하는 목적으로 정부로부터 승인을 받아 진행하고 있다. 뿐만 아니라 노인을 위한 e스포츠 교실, 다문화 가정을 위한 e스포츠 교실, 주부를 위한 e스포츠 교실 등 많은 부분을 소화해 낼 수 있는 e스포츠지도사가 이 시대에 필요하다. 이러한 영역을 담당할 e스포츠지도사는 현대 복지사회에서의 e스포츠 복지를 실현하는 전도사이자 산업화를 주도하는 매니저인 것이다.

중고등학교 방과 후 e스포츠 교실이 활성화되면 지역별 또는 광역별 e스포츠 리그를 결성하여 청소년들에게 e스포츠에 대한 목표를 제시해줄 수 있으며 이들 속에서 전문 e스포츠 선수가 배출될 수 있는 중요한 자원이 되는 것이고 세계를 제패할 e스포츠 선수가 탄생할 수도 있다.

방과 후 e스포츠 교실은 그야말로 청소년들에게 e스포츠를 통한 새로운 꿈과 희망을 심어줄 수 있고 건전하고 건강하게 그 꿈을 실현할 수 있는 풀뿌리 활동으로써 중요한 역할을 담당할 수 있기 때문에 중고등학교 학원의 e스포츠 교실이 활성화되어야 하는 이유이다. 방과 후 e스포츠 교실을 통한 e스포츠 게임을 올바르게 이해하고 즐길 수 있도록 e스포츠 환경이 만들어진다면 부모님들이 걱정하는 게임 과몰입이나 사회성 결여, 대인 기피증 등 비정상적인 인간관계를 정상적인 인간관계로 전환시킬 수 있는 계기

가 될 수 있으며 유익한 e스포츠 게임을 가정에서도 함께 즐길 수 있는 사회문화, 청소년 문화로 발전시킬 수 있다.

결국 중고등학교 방과 후 프로그램의 다양화와 청소년들의 방과 후 프로그램 만족도를 높이는데 e스포츠 교실의 역할이 중요하게 작용할 수 있기 때문에 중고등학교 방과 후 프로그램으로 e스포츠 교실의 운영을 적극 지지하고 필요성을 강조한다.

Column 16

e스포츠 종주국인 한국,
국제무대에서의 위상을 만들자

    지난 11월 6일 미국에서 진행된 2022년 롤(LOL)월드 챔피언십 대회에서 지난해 우승팀인 한국의 T1을 3대2로 물리치고 DRX팀이 우승을 차지했다. 2011년부터 매년 개최되는 롤월드 챔피언십 대회는 유럽과 대만 그리고 중국팀이 우승한 바 있으나 한국은 2013년부터 2017년까지 우승을 한 바 있고 2020년에 이어 2022년에도 우승을 하였다. 뿐만 아니라 2018 자카르타-팔렘방 아시안게임에서도 e스포츠 종목이 채택되어 경기를 진행했었는데 2018 아시안게임에서 e스포츠는 지금 2022 항저우 아시안게임처럼 정식종목이 아닌 시범 종목으로 진행되었고 2018 아시안게임에서는 리그 오브 레전드, 스타크래프트2, 클래시 로얄, 펜타스톰, 하스스톤의 총 6개의 게임이 밴드 세부 종목으로 채택되었다.

당시 세부 e스포츠 종목에서 별다른 두각을 나타내지 못하고 있던 때 아주 놀랄 만한 소식을 전해주었는데 그것은 스타크래프트 2에서 한국의 조성주 선수가 결승전에서 대만의 황위상 선수와 격돌하여 4대0으로 황위상 선수를 이기고 금메달을 차지하였다는 것이다. 8강전부터 단 한 번의 패배도 보여주지 않고 전승으로 우승을 하면서 e스포츠 아시안게임 최초의 금메달리스트이자 국제무대에서의 처음으로 위상을 떨쳤다.

그러나 e스포츠 국제기구인 국제e스포츠연맹(IeSF)의 주도권을 잡은 사람은 헝가리 국적의 블래드 마리네스쿠(Vlad Marinescu) 회장이다. 마리네스쿠는 국제유도연맹에서 마케팅 담당자로 활동하고 있는 사람으로 e스포츠를 새로운 독립영역으로 e스포츠 올림픽을 주창하고 있는 사람이다. 그리고 코로나19 때문에 개최되지는 않았지만 항저우 아시안게임에서는 주최국인 중국의 영향력이 작용하여 중국 e스포츠 선수들이 유리한 종목으로 정식종목화 된 바 있다. 한국은 우수한 선수 인력을 보유하고 있지만 행정력이나 마케팅 능력 면에서는 국제무대에서 위상을 확보하고 있지 못하다. 프로게이머인 전문선수 영역에서는 세계를 주도하고 있는 것은 확실하나 정식종목이나 규정 등을 선정하는데 영향력을 발휘하고 있지 못하다. 뿐만 아니라 생활 e스포츠 분야도 생활화를 추진하는데 아직은 초보적인 단계로서 범국민의 지지를 받고 있지 못한 실정이다.

이미 e스포츠는 온라인 상으로 이루어지는 게임을 통틀어 이르는 말이라고 할 수 있지만 예전엔 게임을 직접 '하는 것'으로 즐겼다면, 최근에는 '보는 재미'로 게임을 즐기는 사람들이 늘어나면서 e스포츠의 생활화를 추진하는 나라들이 많아지고 있다. 그럼에도 우리나라는 아직은 보는 재미를 주는 e스포츠에 대한 이벤트가 미디어의 지원을 받고 있지 못하고 있는데 이것은 아직 생활 e스포츠에 대한 공감을 얻어내지 못하고 있기 때문이다.

그것은 e스포츠는 많은 전통스포츠처럼 '명백한' 신체 활동은 아니지만 국제 표준에서 정한 모든 스포츠 기준에 부합하고 누구나 e스포츠에 참여할 수 있는 장점이 있고 재미를 느낄 수 있는 스포츠적 요소를 포함하고 있으나 전통적인 스포츠처럼 전세계적으로 참여연령층이 다양하지 못하고 아직은 부정적인 인식이 함께 존재하기 때문일 것이다. 최근에는 e스포츠를 진정한 경쟁 스포츠 활동으로 인정하려는 국제적인 움직임이 활발하게 이루어지고 있고 그 중심에서 미국이나 중국, 일본 등이 주도하고 있는 실정이다. 우리나라는 전문적인 기능면에서는 인정받고 있으나 국가적 차원에서 e스포츠를 주도해나갈 수 있는 기관이나 인재를 양성하고 있지 못하기 때문에 아직은 국제적으로 화고한 위상을 만들지 못하고 있다. 물론 e스포츠가 언제 올림픽에 포함이 될지는

국제올림픽위원회(International Olympic Committee, IOC)가
결정할 일이지만 국제e스포츠연맹(IeSF)은 ELG(Esports Liason
Group)이나 회원국의 노력도 중요할 것이다. 국제e스포츠연맹에
회원으로 가입된 나라는 130개 회원국가들이 가입되어 있다. 아
시아는 물론 유럽과 북중미, 아프리카에 이르기까지 많은 나라가
회원국으로 국제e스포츠연맹에 가입되어 있지만 국제e스포츠연
맹조차 아직까지 체계적인 시스템을 갖추고 있지 못하다. 초기에
한국이 국제e스포츠연맹의 회원국 뿐만 아니라 의사결정의 중요
국가로서 영향력을 가지기 위해서는 국제e스포츠연맹에 회장단
및 임원으로서 역할을 해야 한다. IT강국으로 많은 국제대회에서

우수한 성적을 거두고 있는 한국의 입장에서 올림픽경기에 정식 종목 채택이 멀지 않은 e스포츠 분야에서 아무런 역할을 하고 있지 못한다면 몇십조 원 규모의 시장을 가지고 있는 e스포츠 산업을 얼마나 주도해 나갈 수 있을지 의문이다. e스포츠 분야의 지도자나 관리자, 행정전문가의 능력을 글로벌하게 키울 수 있는 환경을 조속히 구축함으로써 선수뿐만 아니라 행정가로서 국제적 위상을 만들어 나가야 한다. IT강국이라는 겉치레에만 만족하여 국제관계에서의 한국의 e스포츠 위상을 만들어 가지 못한다면 중국이나 일본, 미국에게 선수영역마저도 주도권을 뺏길 가능성이 높

다. 기반을 튼튼히 하기 위해서도 국제e스포츠 시장을 주도해 나
가야 한다. 그것이 올림픽이든 아시안게임이든 한국이 e스포츠를
주도해 나감으로써 국민적 호응을 불러일으킬 수 있으며 생활e스
포츠의 정착과 발전도 가능하리라 생각한다. 정부는 e스포츠의 국
제적 위상을 만드는데 재원과 환경, 그리고 제도를 지원하고 만들
어 줌으로써 e스포츠의 경쟁력을 높이는 데 역할을 다 해야 한다.

e스포츠, 2023년의 비전

2023년 계묘년 새해가 밝았다. 새 정부가 들어서고 온전한 첫해를 맞이하는 해이기도 하다. 무엇보다도 코로나19로 무기 연기되었던 제19회 항저우 아시안게임이 9월과 10월에 걸쳐 열리는 해이기도 하다. 2018 자카르타 팔렘방 아시안게임에서 e스포츠는 시범 종목이었지만 항저우 아시안게임에서는 정식종목으로 채택되어 스포츠 종목으로서 메달을 노리는 아시안게임에서 첫 금메달을 수여하는 해이기에 e스포츠로서는 또 다른 의미를 가지는 해다.

물론 항저우아시안게임에서 8개 종목의 금메달 중 최소 4개 이상의 메달 석권을 노리는 중국은 국가적 차원에서 e스포츠 산업을 전폭적으로 지원하고 환경을 구축하면서 e스포츠의 세계시장을 넘보고 있다.

우리나라는 e스포츠 관련 정책 및 제도의 변화가 예상된다. 먼저 금년부터 게임이 문화예술의 한 장르로 포함되어 정식으로 인정받게 된다. 국회에서 발의되어 가결된 '문화예술진흥법 개정안'이 3월 28일부터 시행된다. 아쉬운 것은 게임의 한 영역으로 e스포츠가 스포츠 영역으로 이제 막 첫발을 내딛고 있는데 게임이 문화예술 영역으로 포함됨으로써 e스포츠의 영역이 애매하게 되었다는 점이다. 물론 게임과 관련 종사자에 대한 사회적 인식이 제고될 것이라는 기대감은 있겠지만 이제 스포츠로서 체계를 만들어 가고 있는 e스포츠로서는 문화예술에 포함되어야 하느냐 아니면 스포츠 영역에 포함되어야 하느냐 하는 혼란스러움을 초래할 수 있기 때문이다.

9월에는 e스포츠가 정식종목으로 채택된 '항저우 아시안게임'이 치러진다. e스포츠의 국제대회 정식종목 채택 자체는 지난 2020년 12월에 결정됐다. 당초 2022년에 행사가 치러질 예정이었으나 코로나19로 인해 올해로 연기되었다. 항저우 아시안게임으로 e스포츠가 국제대회 종목으로 본격 데뷔하며 게임산업에 대한 인식이 개선될 것으로 예측되지만 문화예술 측면이 아니라 스포츠 경기력 향상이라는 측면에서 e스포츠를 육성하기 위한 정책과 지원이 마련되어야 한다.

아시안 권에서는 한국과 중국, 일본이 e스포츠를 주도하고 있

지만, 유럽에서는 영국 정부의 지원을 받는 비즈니스 개발 그룹 London and Partners가 런던을 유럽의 e스포츠 성지로 만들려는 노력을 계속하고 있다. 현재로서는 코펜하겐과 파리보다는 뒤처져 있고 프랑스의 마크롱 대통령이 2023년을 e스포츠에 관한 정치인과 경제인의 참여를 독려하면서 지속적인 주도권을 유지하기 위해 2023년을 원년으로 삼고 있다.

2023년에는 항저우 아시안게임이 e스포츠의 스포츠 종목화에 대한 테스트 이벤트를 개최함으로써 각 국가에서 e스포츠에 대한 관심과 지원이 급격하게 늘어날 가능성이 많으며 전통적인 스포츠의 꽃인 올림픽과 함께 더 많은 크로스오버 이벤트가 뒤따를 것이다. 항저우 아시안게임 이전에는 싱가포르에서 4일간의 하이브리드 물리적 및 시뮬레이션 e스포츠 대회가 열리고 각 종목별 챔피언십이 8월 말까지 개최될 예정이다.

많은 세계적인 프로게이머들이 크로스오버 이벤트나 커먼웰스 타이틀에 참여함으로써 e스포츠 이벤트나 커뮤니티가 전 세계적으로 열풍이 이어가면서 올림픽 참여에 의미 있는 계기가 될 것이며 젊은 e스포츠 팬들이 올림픽에도 관심을 갖기를 바라는 IOC의 바램과 의도를 잘 알고 있는 e스포츠 해설자 Paul Chaloner의 말처럼, e스포츠가 올림픽을 필요로 하는 것보다 올림픽이 e스포츠를 더 필요로 할 것이다 라는 말에 공감을 갖게 된다. 2023년은 e스포츠가 경쟁 게임으로 정식 스포츠 종목으로 또 다른 바쁘고 도전적인 해가 될 것이다.

Column 18
e스포츠와 Z세대

Z세대는 1996~2010년에 태어난 이들을 일컫는 말이다. 즉 10대 초반에서 20대 후반에 걸친 세대들이다. 이 시기는 디지털 제품이 쏟아져 나오기 시작하던 때와 비슷하다. 또한, 인터넷이 전 세계에서 폭넓게, 활발하게 이용되기 시작한 후에 태어난 이들이므로 디지털 원주민(Digital Native)으로 부르기도 한다. 이들은 어렸을 때부터 스마트폰을 이용하며, 온라인 쇼핑을 활용하고, SNS를 통해 인간관계를 맺는 등, Z세대가 자라난 환경은 그 이전의 세대와는 많이 다르다.

특히 Z세대는 95% 이상이 핸드폰을 사용하고 있고 85% 이상

이 핸드폰으로 모바일 게임을 즐기고 있는 것으로 조사된 바 있다. 최근 조사한 바에 의하면 e스포츠 게임 구매 역시 핵심 고객층이 Z세대로 나타났으며 Z세대가 e스포츠 시장을 주도하고 있음을 알 수 있다.

코로나19의 유행으로 인해 야외활동에 제약이 생기면서 지난 2년간 온라인 게임과 e스포츠 시장이 비약적으로 성장했는데 특히 e스포츠의 경우 장소에 구애받지 않고 모바일 기기로 어디서나 쉽게 접속할 수 있다는 장점이 있기 때문에 Z세대는 물론 많은 여성들도 게임을 즐기는 것으로 나타났고 게임 스트리밍을 통해 연예인처럼 보이는 게임 스트리머의 방송을 실시간으로 시청하고 스트리머와 채팅창에서 대화하면서 가까이에서 만나는 느낌을 받을 수 있는 특징 때문에 e스포츠 시장이 더 커지는 이유이기도 하다. 국내에서도 온라인게임 및 게임 스트리밍 산업에 관심을 보이는 세대는 Z세대이므로 유명 게임 관련 콘텐츠 크리에이터 및 스트리머의 영향력은 Z세대를 잠재 소비자로 노리는 기업이 브랜드 인지도를 높이고 싶을 때 효과적인 마케팅 및 광고 채널이 된다.

그만큼 Z세대는 현재의 e스포츠 시장을 이끌어 나가는 주요 세대라고 할 수 있으며 어느 세대보다도 컴퓨터나 게임 프로그램을 다루는 능력이 뛰어나고 관심도가 가장 많은 세대라고 할 수 있다. 현재 e스포츠 시장을 주도하는 프로게이머나 주 고객층이 Z세대이며 이들이 보다 전문적으로 발전적으로 참여할 수 있도록 e스포츠 참여환경을 만들어 줄 필요가 있다. 왜냐하면 이들이 30~40대가 될 즈음에는 e스포츠가 전세계적으로 또 다른 발전의 단계에 접어들기 때문이다. 제 2차적 발전단계에서 e스포츠를 주도하는 세력이 Z세대임에는 틀림없기 때문에 이들이 좀 더 전문적이고 국제적 능력으로 e스포츠 국내외 시장을 주도할 수 있도록 발판을 만들어 주어야 한다. 이제 코로나로부터 해방되어 일상이 자유로워지고 있기 때문에 온라인 e스포츠 게임이 오프라인으로 관중이 지켜보는 가운데 펼쳐질 수 있는 온,오프라인 병행 e스포츠 이벤트가 활성화될 수 있기 때문에 e스포츠 경기장이나 프로그램, 진행자, 미디어 등 마케터 등도 적극적으로 양성해야 한다. 그래야 올림픽 정식종목화를 추진하고 있는 e스포츠 국제시장을 우리나라가 주도할 수 있을 것이다.

Column 19

여성의 여가활동으로서 e스포츠

얼마 전 게임에 빠진 아내 때문에 2년간의 결혼 생활을 끝내고 싶다는 남편의 사연이 매스컴에 소개된 적이 있다. YTN 라디오 '양소영 변호사의 상담소'에 게임중독인 아내와 더 이상 결혼 생활을 유지하고 싶지 않다는 남편의 고민이 소개된 적이 있는데 사연에 따르면 남편 A씨의 아내는 밤새 게임을 하다가 A씨가 출근할 때쯤 자러 가는 올빼미 일상을 반복하고 있으며 A씨는 "아내는 밤새도록 게임을 하고 제가 출근할 때 자러 들어갔다가 늦은 오후에 다시 일어나 또다시 게임을 한다."며 "새벽마다 컴퓨터 방에서 키보드와 마우스가 딱딱거리는 소리를 듣는 게 너무 힘들다"고 고민을 털어 놓았다. 이어 "밥도 책상 앞에서 먹고 치우지도 않아 결국 제가 퇴근해서 청소를 한다. 음식도 전혀 안 한다."며 "연애를 2년 정도 했는데 장거리 연애라 아내의 집을 몇 번 본 적이 없어서 그때는 아내가 직장을 다녔기 때문에 '힘들어서 좀 지저분한가보다'라고 생각했다."고 밝혔다.

서로의 일상이 반대가 되다 보니 대화는 물론 부부관계 역시 거의 없는 지경에 이르렀다. A씨가 관계를 원할 때면 B씨는 남편을 '밝히는 동물' 취급했으며 대화 역시 A씨 혼자 떠드는 수준이라고 하소연했다. A씨는 "이혼 얘기를 꺼냈더니 아내가 거부한다. 게임을 줄이겠다고 하는데 그때뿐"이라며 "결혼 생활을 유지하고 싶지 않은데 어떻게 해야 되나."라며 조언을 구했다고 한다.

이 정도면 "충분히 회복 불가능한 혼인 파탄 사유로 인정될 것 같다."고 보는 것이 법조계의 조언이다. 또 한가지 사례는 이제 갓 입사한 여성 B씨의 사례다. B씨는 회사 내에서도 틈만 나며 핸드폰으로 e스포츠게임을 즐겼다. 심지어 점심시간에도 동료나 상사와 같이 식사하기보다는 혼자 식사도 거르며 게임에 푹 빠졌으며 퇴근 이후에도 오로지 게임을 즐기기 위해 일찍 귀가하면서 월급의 대부분을 게임 아이템을 구입하거나 게임 머니를 구매하는 용도로 사용하였다고 한다. 당연히 회사 내에서도 업무에 집중을 못하니 근무 태만에 실수가 잦고 동료나 상사로부터 눈 밖에 나면서 결국 6개월 만에 회사를 그만두어야 하는 상황에 이르렀음에

도 게임에서 벗어나지 못하고 있다고 하였다.

　이러한 사례를 보면 두 사례 모두 게임을 통제하고 조율해줄 수 있는 관여자가 없다는 것이고 게임중독이 주는 폐해를 못 느끼면서 결국 자신의 생활도 망가지는 극단적인 경우라고 하겠다. 최근에 여성들이 e스포츠를 즐기는 사례가 많이 늘어나고 있으나 이들에게 e스포츠에 긍정적으로 참여하는 방법이나 자기절제 그리고 생활 속에서 여가로서 즐길 수 있는 지도 및 관리를 해줄 수 있는 시스템이나 환경이 구축되어 있지 않고 인적 지원이나 정보의 제공 또한 서비스해주는 곳이 없다. 뿐만 아니라 e스포츠의 폐해 등에 대한 경각심을 심어 줄 수 있는 경고 메시지나 커뮤니티의 지원도 전무한 상태이다. e스포츠 폐해에 대한 전문적인 상담사나 관리자의 양성과 배치를 위한 시스템조차 없기 때문에 여성들은 이러한 폐해에 그대로 노출이 되어 있다. 이제는 e스포츠에서 소외되어 있었던 여성들을 위한 지도나 상담을 위한 e스포츠 서비스 환경을 만들 필요가 있다. 인구의 절반이 여성임을 인식할 때 여성을 위한 e스포츠 환경을 만들어야 한다. 그러한 노력이 e스포츠나 게임을 통한 개인의 망가짐을 최소화 할 수 있다고 본다. 결국 정부나 지자체에서는 여성들에게 e스포츠에 대한 올바른 취미활동, 여가생활을 할 수 있도록 정보를 제공하고 교육 및 지도를 통한 자기관리 능력을 키울 수 있도록 환경을 마련하여야 하며 e스포츠 지도를 위한 전문가 양성을 통한 여성들에게 e스포츠가 여가복지 서비스로 즐거운 여가활동이 될 수 있도록 해야 한다.

Column 20

e스포츠가 스포츠인가?

일반적으로 스포츠학자들이 주장하는 스포츠에 대한 정의는 신체 활동의 개념을 포함하고 있다. 다시 말하여 스포츠는 인간활동 가운데 정신적, 정서적, 활동이 배제된 신체기능, 신체 기량 또는 신체발현을 포함하는 활동이라는 것이다. 장기나 바둑은 비교적 복합적 신체기능을 요하므로 스포츠이다. 그러나 복합적 신체기능의 유무를 판정하는 기준은 모호하여 신체와 비신체, 복합과 단순, 그리고 활발함과 비활발함의 구분은 매우 주관적이라는 견해가 지배적이다.

또한 신체 활동의 상이점과 더불어 스포츠 참가에 활용되는 다양한 신체 동작에도 상이점이 있다. 복합적 신체기능은 협응성, 민첩성을 뜻하고 신체 기량과 신체발현은 속도, 근력, 지구력 또는 이 세요소의 결합의 구사를 의미한다. 일정 신체 활동이 스포츠로 분류되기 위하여는 특정 환경의 상황하에서 일어나지 않으면 안된다. 특정 환경이라는 것은 신체 활동에의 참가는 비공식적, 비구조적 상황에서부터 공식적, 조직적 상황에 이르기까지 폭넓은 범위를 포함하는 것을 의미한다. 그러나 많은 스포츠학자는 공식적이고 조직적인 상황에서의 신체 활동을 스포츠로 간주하고 있다. 다시 말하면 스포츠는 제도화된 경쟁적 신체 활동을 의미한다는 것이다. 제도화는 시간을 초월하고 상황에 무관하게 유지되는 행동의 유형 또는 표준화된 일련의 행동을 의미하는 사회학적 개념이다.

이러한 개념에서 e스포츠는 스포츠라고 할 수 있는 특정 환경의 상황하에서 이루어지는 신체 활동인가를 생각해야 한다. 즉 공식적이고 구조화되어 있는 상황에서의 신체 활동이자 신체발현 또는 신체 기량인지를 판단해 볼 필요가 있다. 그렇지 않으면 단순히 게임의 한 종류로서 즐거움을 얻는 놀이에 불과한 활동인지를 규명해야 한다. 과거의 게임은 게임 프로그램을 이용하여 개인 스스로 시작과 종료를 판단하고 경쟁적 요소보다는 오락적 요소가 많은 놀이형태의 게임이 주류였다. 그러나 최근의 게임은 놀이형태를 초월하여 공식적이고 제도화된 룰을 가지고 경쟁하는 복합적 신체 활동의 요소가 강조되고 그 틀이 점점 제도화되어 가고 있다. 즉 최근의 게임의 형태는 스포츠 정의의 범주 내에 있으며 그 특징들을 다 갖추고 있다고 할 수 있다. 따라서 e스포츠는 분명 스포츠로 간주되어야 하고 스포츠로 분류되어야 하는 것이 당연하다.

특히 최근의 스포츠 학자들의 견해를 보면 스포츠는 놀이로부터 출발하여 게임에서 더욱 진화된 운동형태로서 게임의 7가지 특성을 포함하여 신체적 활동을 필수 조건으로 하는 게임이다 라고 그 범위를 확대해 가고 있음을 알 수 있다.

로더(Lawther)는 "스포츠란 쾌감과 여가선용을 위하여 활동 그 자체를 추구하거나 또는 보편적으로 일정한 전통적 형태 혹은 일련의 규칙에 따라 수행되는 다른 확실한 신체 활동"이라 하였으며 캐넌(Kenyon)은 스포츠를 조직화되고 경쟁화된 신체 활동의 총체라고 보고 "스포츠란 놀이나 게임보다 더 체계화되고 고도의 조직성을 띤 경쟁적인 활동으로서 특히 신체의 일부분만을 구사하는 동작이나 운동에 그치는 활동이 아닌 인간의 전 행위가 동원된 신체 활동"이라고 하였다. 또한 아이브라임(Ibrahim)은 "스포츠는 인간표현의 한 형태로 신체적 놀이로부터 유래하며 문화적으로 시인을 받는 기본적인 여가활동"이라고 하였다. 이만큼 스포츠에 대한 규정과 정의는 학자들마다 다르게 표현되고 있으나 분명한 것은 신체적 활동으로서 놀이적 특성을 포함하고 있고 놀이가 좀 더 제도화, 구조화, 공식화 된 것이 스포츠라고 하는 데는 이견이 없다. 따라서 e스포츠는 제도화, 구조화, 공식화된 게임이 기 때문에 이제 스포츠라고 해도 이견이 없을 것이다. 혹자는 전체적인 신체 활동이 아니지 않느냐하는 주장을 하는 분도 계시지만 바둑이나 장기처럼 신체의 일부를 정신적 활동과 복합적으로 사용하는 경우도 포함하고 있기 때문에 형식과 복합성의 특성을 고려한다면 e스포츠가 스포츠임을 부인할 수 없을 것이다. 이제는 e스포츠가 스포츠로서 확고한 위치를 점할 수 있도록 좀 더 체계적으로 환경을 만들어 가야 할 것이다.

항저우 아시안게임의 정식종목화를 기점으로 보다 체계화된 룰을 가지고 e스포츠로서의 경쟁성과 흥미를 만들어 갈 때 더 이상 스포츠냐 아니냐 하는 논란은 사라질 것이라고 생각한다.

e스포츠 활동에 게임이용장애
질병코드 부여가 타당한가

세계보건기구(WHO)가 2019년 게임이용장애(게임중독)에 질병코드를 부여하였다. 게임이용장애란 게임을 통하여 얻을 수 있는 질병을 의미하며 게임중독으로 오는 질병 즉 수면장애, 우울증, 공황장애, 대인기피증 등 야기될 수 있는 질병들에 대한 질병코드를 부여한 것이다. 국제사회에서 게임이용장애에 대한 질병코드를 부여하는 것이 공식화되고 추세되고 있다는 것은 게임이 한 지역이나 국가에 국한된 것이 아니고 전세계적으로 보편화된 현상이자 활동이기 때문에 WHO에서도 관심을 가지고 질병코드를 부여한 것이다. 물론 게임의 주체자나 당사자들 입장에서 보면 게임산업에 찬물을 끼얹는 조치로 반발이 심한 것도 사실이다.

정부에서도 국내에 적용하느냐에 대한 문제에 고심하고 있는 것도 사실이다. 게임업계와 관계부처에 따르면 국무조정실 주관 '게임이용장애 질병코드 국내 도입 문제 관련 민관협의체'는 관련 연구 용역을 통해 곧 이에 대한 결론을 내릴 수밖에 없는 입장이다.

그러나 아무리 국제적으로 WHO에서 게임이용장애에 대한 질병코드를 부여했다 하더라도 우리 입장에서는 질병코드를 부여할 수 있는 기초자료가 부족하고 게임환경이나 질병적 문제가 게임의 독립적인 환경에서 나타나는 질병인지를 좀 더 면밀하게 조사한 자료가 제시되어야 한다. 왜냐하면 게임중독으로 나타나는 사회적 문제에 대해서는 다양한 안전조치를 취하고 있고 대책을 마련하고 있지만 질병적 측면에서 인과적 관계나 게임중독과 관련해서 직접적인 발병의 원인이라는 관계를 먼저 규명해야 한다. 즉 게임중독이 되면 누구나 다 관련된 질병을 갖게 된다는 인과적 관계가 입증되어야 하는데 이 부분이 쉽지 않을 것이다.

이러한 이유와 관련하여 민관협의체 활동에 대하여 게임이용장애 질병코드 도입 여부를 둘러싼 찬반 논쟁도 격화되고 있는 것도 사실이다. 이미 게임이용장애를 질병코드로 분류한 'WHO 국제질병분류 11판(ICD-11)'은 2020년 1월부터 발효되었지만 국내에선 정부가 게임을 한국표준질병사인분류(KCD)에 등재할 것인지에 대한 고민에 빠져 있다. 한국표준질병사인분류에 등재는

5년마다 개정되기 때문에 국내 도입 여부는 늦어도 2026년 개정 전까지 정해질 것으로 보인다. 다만 합의가 지연될 경우 결론 도출 역시 이보다 더 늦춰질 수는 있다. 문체부와 게임업계 등은 게임이용장애 질병코드가 국내에 도입되면 '게임=질병' 낙인효과로 국내 게임산업의 경쟁력 저하로 직결될 것으로 우려하고 있다. 이러한 우려가 현실이 되면 총생산 감소 등 경제적 효용 감소, 일자리 축소 등으로 이어질 것이란 설명이다. 한국콘텐츠진흥원은 질병코드가 도입되면 도입 첫해 전체 게임산업 생산이 20% 정도 감소되고, 다음해는 24% 추가로 감소할 것이라고 내다봤다. 현재 업계는 질병코드 부여에 대한 등재 근거가 부족하고, 도입 시 기대효과 역시 과학적으로 검증되지 않았다며 반대하고 있다.

반면 복지부 등은 국제 기준에 맞춰 질병코드를 도입해 게임이용장애 실태를 파악하면 공공의료 증진과 효과적인 치료를 할 수 있을 것으로 보고 있다. 또한 게임이용장애에 대한 진단 기준을 명확하게 규정함으로써 모호한 기준으로 생길 수 있는 불필요한 불안과 걱정 등을 덜어 오히려 게임산업 발전에 기여하는 계기가 될 것이라는 주장을 내놓고 있다.

이러한 복지부의 주장도 일리가 있지만 문제는 게임과 e스포츠 활동이 보편적 질병을 야기한다는 명확한 근거와 사례가 제시되지 않은 상태에서 WHO의 결론만을 인용하는 것은 e스포츠 활성화에 찬물을 끼얹는 격이 될 수 있다는 것이다. 이번기회에 냉철

하게 게임과 e스포츠 활동에 대한 시스템을 만들고 게임중독이라는 용어 자체가 등장하지 않도록 프로그램 및 환경을 만들어 나갈 수 있는 대책 마련이 우선해야 한다. 지금까지 어떤 스포츠에도 중독으로 인한 질병코드를 부여받은 스포츠는 없다. e스포츠가 게임과 분리되고 e스포츠만의 새로운 영역을 만들어 가기 위해서도 이번 기회에 스포츠로서의 e스포츠의 위치를 재정립할 필요가 있다. 왜냐하면 e스포츠가 곧 게임이 아니기 때문이다. 태동은 게임일지 몰라도 이제는 e스포츠는 당당히 스포츠이기 때문이다.

Column 22

e스포츠의 올림픽 종목화 바람직한가

팔렘방에 이어 항저우 아시안게임에서 e스포츠는 정식 스포츠로 채택되어 메달 싸움을 하게 되었다. 그럼에도 불구하고 e스포츠가 스포츠 영역으로 편입되는 것에 대해 아직도 명확하게 정답이다 라고 단정하기에는 많은 문제점이 있다. 물론 바둑이나 장기, 체스, 당구 등 비교적 신체 움직임 적은 종목들도 올림픽 종목이거나 종목으로 채택되기 위해 노력하고 있다. 이들 종목과 e스포츠와는 어떠한 차이가 있을까?

앞에서 열거한 종목들은 바둑이나 장기를 만든 제조사가 대회를 주관하지 않는다. 그들 종목들에는 대회를 관장하는 협회나 연맹이 존재하고 이들에 의해서 많은 대회들이 치러진다. e스포츠처럼 게임사가 대회를 주관하거나 수익을 게임사가 가져가지는 않는다.

그리고 이들 종목들은 공식적인 경기 룰이 있어 누가 어디서 대회를 개최하든 공식적인 규정 내에서 대회가 치러지고 기록들이 관리되고 있다. 반면에 e스포츠는 수많은 e스포츠 게임들 중에서 몇 종목을 어떻게 선택할 것인가에 대한 기준도 모호하고 게임을 체계적으로 분류하고 e스포츠 종목화하는데도 게임사의 영향력이 개입되기 때문에 공익성, 건전성, 기록성, 공정성 등 스포츠 종목화하는데 필요한 사회적 합의를 만들어 내야 하는 부분도 해결해야 할 과제이다. 예를 들어 스타크래프트가 대한민국을 포함한 전 세계 e스포츠 열풍의 중심에 놓여있다가 그 열기가 식게 된 가장 큰 이유로, 많은 팬들은 승부 조작 사건과 함께 KeSPA와 블리자드 간 펼쳐진 저작권(또는 중계권) 관련 다툼이 팬들로부터 외면당하게 되었고 수많은 방송 매체들과 KeSPA라는 단체는 블리자드의 저작물인 스타크래프트라는 사적 재산을 무단으로 이용해 영리를 취해왔다. 게임사인 블리자드는 수많은 비용과 시간을 들여 개발한 게임을 제3자가 무단으로 이용하여 수익을 얻는 것에 대해 권리를 주장하면서 논쟁이 되고 있는 것이다. 축구, 농구, 바둑, 체스는 누군가의 사적 재산이 아니다. FIFA나 FIBA라는 공식 국제기구에서 규정을 만들고 국제대회를 주관하고 각국에서도 국제기구의 규정에 준하여 국내 경기를 개최하는 것이 일반적

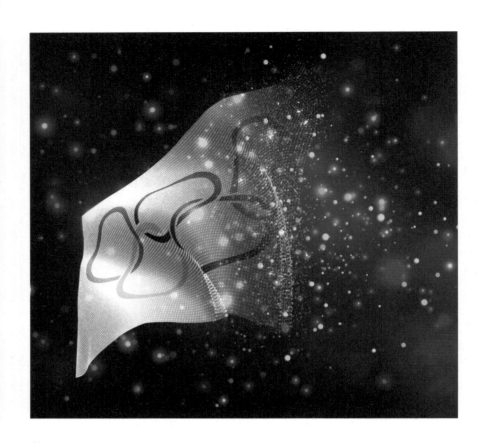

이다. 그러나 이들은 축구/농구라는 종목 자체에 대한 권리를 보유한 단체는 결코 아니다. 하지만 e스포츠는 다르다. 스타크래프트라는 게임을 가지고 대회든 방송이든 무언가를 진행하려면 반드시 원저작자인 블리자드의 동의를 구해야 한다. 축구라는 스포츠는 그야말로 공공재의 개념에 속하는 것이기에 어느 날 원저작자란 존재하지 않는다. 하지만 스타크래프트는 게임사가 모든 권한을 행사하기 때문에 공공재의 개념이 아니다. 게임사들이 사전 동의없이 진행되는 대회를 취소시키는 이유가 바로 이러한 권리가 있기 때문이다. 물론 스포츠라는 영역에 '반드시 공공재를 활용해야 한다'라는 전제는 없다. 그러나 스포츠활동이나 대회 자체에 사적 재산권을 주장하는 경우는 더더욱 없다. 그것이 공공재의 개념으로 인식하고 있기 때문일 것이다. 따라서 e스포츠가 아시안게임을 넘어 올림픽 정식종목이 되기 위해서는 게임사들의 재산권 포기가 전제되어야 한다. 올림픽 정식종목이 될 경우, 스타크래프트나 FIFA 게임을 포함해서 많은 게임사들의 참여 경쟁이 폭발할 것이다. 왜냐하면 이들의 속셈은 자사의 게임을 올림픽 종목화했을 경우 그 수익은 천문학적 수준으로 확대될 수 있기 때문이다. 올림픽에 참가하는 선수들은 단지 게임사의 돈을 벌어주는 곰과 같은 역할에 지나지 않을 것이다. 필요하다면 e스포츠는 스포츠 영역에 편입하기보다는 자체적으로 e스포츠올림픽을 개최할 수 있도록 하는 것도 이러한 문제점들을 해결하는 방법일 것이다. 만약 자체 e스포츠올림픽을 한다고 하더라도 게임사의 영향력을 최소화하고 공공재로서의 가치를 잘 살려나갈 수 있도록 해야 성공적인 e스포츠 대회가 될 것이다.

Column 23

명예의 전당 아너스 임요환,
우리는 그를 기억한다

축구나 야구, 농구, 골프 등 많은 스포츠에서 시대적으로 많은 대회를 석권하고 존경받는 선수는 소위 '명예의 전당'이라는 곳에 헌정되어 그의 기록과 흔적들을 영원히 기억하고 기념하고 있다. 명예의 전당은 영어로는 'HALL OF FAME' 줄여서 H.O.F라고 불리며 분야를 막론하고 특정 투표인단에 의해 탁월한 성과나 업적, 명성을 남긴 인물들을 대상으로 하여 이들의 업적을 기리고자 이들을 헌액하여 기념하는 기념관, 단체, 모임을 의미한다.

게임 분야 또한 '한국 e스포츠협회(Kespa)'에서 설립한 〈e스포츠 명예의 전당〉이 존재한다. 그 시작은 한국에 e스포츠 열풍을 가져다 온 〈스타크래프트 : 브루드워〉 공식 리그가 종료되면서 이를 기념하기 위해 2012년 8월 '스타크래프트 명예의 전당'을 제정하며 시작되었다. 이후 2018년부터 스타크래프트 명예의 전당과 별개로 스타크래프트 시리즈를 포함하여 〈리그 오브 레전드〉, 〈워크래프트 3〉등 다양한 종목에서 활약한 선수들을 헌액하는 것으로 범위를 넓힌 'e스포츠 명예의 전당'이 전시관을 개관한 것을 기점으로 다시 새롭게 재정되었다.

e스포츠 명예의 전당은 총 3개 부문으로 구성되어 있으며 각 부문에 따라 헌액되는 조건이 별도로 존재하며 3개의 부문은 각 아너스, 스타즈, 히어로즈로 각 부문에 따른 조건은 차이가 있다. 히어로즈(HEROES) 부문은 일정 기록 보유 시 헌액을 하는데, 종합 및 국제 대회 1회 이상 '준우승', 국내 대회 3회 이상 우승, 스타크래프트 프로 리그 100승 이상, 리그 오브 레전드 챔피언스 코리아(LCK) 1,000킬 이상 및 2,000 어시스트 이상의 4가지 조건 중 한 가지만 달성 시 선정위원회 검토를 통하여 최종적으로 선발된다.

스타즈(STARS) 부문은 종목을 불문하고 그해 인기가 가장 높은 선수 6명이 헌액되는 부문으로 선정위원회에서 당해년도 종합 대회 및 국제대회 우승 입상자 또는 당해년도 국내 프로 대회 우승 이상 입상자의 두 가지 조건 중 한 가지 이상을 충족한 3배수 이내 후보군을 선정한 후 온라인 팬 투표를 거쳐 선정자 6인을 확정하여 발표한다. 아너스(HONORS) 부문은 대한민국 e스포츠 역사에 위대한 업적을 남긴 선수들을 '영구히 헌액' 하는 부문이며, 해당 부문에 헌액되기 위해선 히어로즈 부문 조건 달성 및 추가 기준을 통과해야 하며 e스포츠 경력 5년 이상(첫 경력 조사 대상 대회 참가일 기준) 그리고 현역 은퇴 1년 이상 경과(헌액 후보자에게 은퇴 지속 여부 재확인)한 선수들 중 선정위원회에서 헌액 후보자를 선정하고 마지막으로 각 후보별 투표인단의 70% 이상의 찬성 아래 선정되며 헌액자는 e스포츠 명예의 전당 전시관에 영구 전시된다.

현재까지 아너스 부문에 헌액된 선수는 총 13명이며 첫 주자가 바로 임요환 선수이다.

'테란의 황제'로 불리는 임요환 선수는 지금의 대한민국 e스포츠 문화의 초석이자 기반을 다진 인물이다. e스포츠의 '아이콘'이기도 한 임요환 선수는 2000년대 e스포츠 문화를 상징하는 선수이며 당시 〈스타크래프트〉내에서 약체 취급을 받던 '테란' 종족을 이끌고 뛰어난 전략과 피지컬로 '테란의 황제'라는 별명을 얻어내며 '온게임넷 스타리그', 'MBC 스타리그'를 포함하여 양대리그 3회 우승 등 다양한 업적을 이뤄낸 선수이다. 당시에 팬클럽 회원수가 60만이 넘을 정도로 인기가 있었으며 청소들의 영웅이자 e스포츠에 미치게 한 장본인이기도 하다. 뿐만 아니라 우리나라 국군의 최초 군 게임단이라고 할 수 있는 공군ACE의 창설에 결정적인 기여를 했으며 이때부터 미디어를 통한 e스포츠 홍보에도 적극적으로 앞장섰다.

　따라서 임요환 선수는 자신의 인기에 만족하지 않고 e스포츠의 발전을 위해 기업의 투자유치에도 심혈을 귀울였으며, e스포츠의 가능성을 바라보고 여러 기업들이 투자를 진행하였으며 현재 프로게이머가 직업으로서 인정받고 스폰서의 후원과 함께 네이밍을 빌려 정기적으로 프로 리그를 개최하는 등 프로게이머와 대한민국 e스포츠가 안정적으로 정착하고 발전하는데 선구자적인 역할을 하였다. 그런 임요환 선수의 숨은 노력과 업적은 우리가 영원히 기억해야 한다. e스포츠 1세대로서 임요환이라는 세 글자는 선수를 넘어 그 자체가 e스포츠이다.

Column 24

e스포츠와 정통 스포츠의
상생적 관계가 중요하다

아시안게임의 정식종목으로 채택된 e스포츠에 스포츠로서의 논란은 아직도 지속되고 있다. 정통 스포츠에서는 e스포츠의 스포츠 영역으로의 진입을 탐탁치 않게 생각하고 있는 것도 사실이다. 그러나 e스포츠가 스포츠 영역으로 편입되면서 성공적인 스포츠로 각인되기 위해서는 e스포츠 자체의 노력이 매우 중요하다. 사실 e스포츠는 정통 스포츠와 각을 세우지 않더라도 스스로 생존력을 가지고 있다. 그러나 정통 스포츠 영역으로 편입되어 스포츠로서의 인정을 받기 위해서는 기존의 정통 스포츠와 친밀한 유대관계를 유지할 필요가 있다.

최근에는 축구, NBA, F1레이싱 등 전통 스포츠라고 일컫는 다양한 종목들이 잇달아 e스포츠 플랫폼사들과 정책적 협업이 이어지고 있다. 사실 e스포츠와 전통 스포츠의 협업은 새로운 것은 아니다. EA스포츠가 내놓은 축구게임은 1993년 모태가 된 FIFA International Soccer(FIFA 94)가 나온 이후 시리즈로 출시되고 있는 장수 e스포츠게임이다. 이는 e스포츠의 영향력이 커짐에 따라 전통 스포츠 클럽들은 e스포츠 커뮤니티 플랫폼 등의 서비스를 구축해 핫한 비즈니스로 만들어 가면서 수익의 다변화를 꾀하고 있다는 것이다. 전통스포츠산업의 새로운 비즈니스 콘텐츠로 e스포츠의 활용이 늘어나면서 e스포츠 산업의 영향력도 확대되어 가고 있고 첨단 영상기술들을 포함한 다양한 디지털 기술 적용이 빠르게 접목되면서 e스포츠 산업의 성장과 함께 스포츠산업의 발전에 한몫을 하고 있다.

전통 스포츠에서 e스포츠에 대한 사용자의 패턴이 젊어지면서 e스포츠에 대한 관심과 활용이 더욱 확대되고 있는 시점에서 상호 협력적인 상생적 관계를 만들 필요가 있다. e스포츠 입장에서는 전통스포츠로의 편입으로 팬층과 산업적 가치를 더욱 확대해 나갈 수 있으며 전통스포츠는 고령화되어 가고 있는 팬층을 보다 젊게 유지하고 다변화된 비즈니스 콘텐츠를 개발할 수 있다는 점에서 상호 긍정적인 효과가 크리라고 생각한다. 텐센트 e스포츠가 발표한 '2022 아시아 e스포츠 산업 발전 보고서'에 따르면 2022년

전 세계 e스포츠 이용자 수는 5억 3200만 명으로 전망하였다. 중국을 예를 들어 24세 미만 이용자 비율은 27.9%, 25~34세 이용자 비율은 38.1%에 달했다고 발표했다. 아직까지 e스포츠는 젊은 층이 이용자의 주류를 이루고 있다. 이러한 e스포츠의 팬층에 대하여 전통 스포츠 리그들은 e스포츠의 젊은 팬들을 관람객으로 유도하고 싶어 한다. 이는 코로나 질병의 영향으로 인해 많은 전통 스포츠 행사들이 중단되었을 때 더 절박하게 필요로 했을 것이다, 오프라인에 의존해 온 전통스포츠는 브랜드 스폰서의 권리와 이익이 성공적으로 실현되지 않아 클럽의 수익에 어려움이 많았기 때문에 그들만의 리그를 e스포츠로 변화하여 젊은 층의 팬들을 불러 모으고 싶어 했을 것이다. 이러한 이유로 전통스포츠는 e스포츠의 플랫폼을 이용하여 그들의 리그를 확대하고 비즈니스 모델을 확대 개발하고자 한 것이다. 그러나 e스포츠의 한계는 이용자들이 너무 젊은 층으로 제한되어 있다는 것이다. 온라인 게임으로서 e스포츠가 이용자 계층을 확대하기 위해서는 전통스포츠의 팬들을 끌어들여 그들이 e스포츠에 이용자가 될 수 있도록 다양한 마케팅 전략이 필요하다. 전통스포츠와 e스포츠의 상생적 관계의 핵심은 바로 팬들의 공유이며 그로 인해 수익을 확대해 나가는 것이다. 서로의 배척이 아니라 서로의 보완적 관계가 되어야 한다.

e스포츠의 발전과 새로운 일자리 창출

    대한민국의 e스포츠는 IT선도국가 및 4차산업의 디지털시대에 부응하면서 세계인들이 인정하는 종주국으로서 위상을 굳건하게 지켜오고 있다. 하지만 앞으로도 종주국으로서의 위상을 만들고 위치를 확실하게 점하면서 세계 e스포츠 시장을 주도할지는 장담할 수가 없다. e스포츠 종주국으로서 위상을 확고히 하고 세계 e스포츠 시장을 주도하기 위해서는 무엇보다도 거기에 부합되는 e스포츠 관련 인재를 양성하고 그들이 e스포츠 영역 내에서 취업이 가능하도록 일자리를 개발해야 한다. e스포츠 분야에 일자리가 많다는 것은 그만큼 e스포츠를 통한 경제 활성화 및 저변확대로 이어져 e스포츠 산업 전체의 발전을 도모할 수 있기 때문이다.

최근에 중국은 항저우 아시안게임을 유치하면서 e스포츠에 대한 전폭적인 지원을 하면서 e스포츠 산업 발전에 정부가 적극적인 지원을 하고 있다. 특히 일자리 창출에 대한 정부 지원 방안이 두드러지는데 고용창출과 함께 일을 하며 즐길 수 있고 생활보장도 받을 수 있도록 정책 방향을 수립해 놓고 이를 실천해 나가고 있다.

이러한 정책에 따라 기업들은 e스포츠 산업에 적극적으로 참여하여 일자리를 창출하여 경제발전에 기여하도록 하였으며 이러한 결과 2021년 중국의 게임시장의 매출은 25조 5,634억 원에 달하였으며 e스포츠 시장의 규모도 31조 원에 이르렀다. e스포츠의 급격한 성장은 e스포츠에 종사자가 50만 명이 넘는 결과를 만들어 냈다.

이들 속에는 e스포츠 전문 해설자, 캐스터를 포함하여 미디어 종사자들과 파생산업과 연계된 광고홍보 분야 전문가, 마케터 등 다양한 일자리가 창출되었으며 이것은 중국의 많은 젊은 세대들이 e스포츠 시장에 뛰어들면서 다양한 일자리에 자연스럽게 흡수되고 있음을 알 수 있다.

일반적으로 e스포츠의 취업 분야는 게임단, 게임사, 후원사, 그리고 미디어로 구분될 수 있다. 이미 잘 알려진 영역들이지만 취업 분야는 뻔한 수준이라고 할 수 있다. 게임단은 선수와 지도자 그리고 사무국 정도이며 게임사는 주로 게임개발 분야의 프로그래머, 웹디자인, 마케팅 영역이 대부분이며 후원사는 주로 투자자

금지원이나 물품 후원 업무 정도이다. 미디어 영역에는 e스포츠 해설자, 캐스터, e스포츠 기자, e스포츠 피디, e스포츠 카메라감독, e스포츠 유투버 등 e스포츠로 인한 새로운 취업군들이 생겨났다. 이외에도 우리가 주목해야 할 취업군은 e스포츠 메탈코치나 카운셀러 그리고 e스포츠지도사, e스포츠 심판, e스포츠 게임기획, e스포츠 상담사, e스포츠 정보관리사, e스포츠 분석관, e스포츠 경영관리자, e스포츠 시설관리자 등 향후 생성될 수 있는 취업군들을 예측하고 지속적으로 개발해야 할 것이다. 결국 e스포츠 시장이 커질수록 다양한 취업군이 생겨날 수 있고 새로운 일자리 창출에 의한 취업이 용이할 때 e스포츠 시장은 그만큼 커지고 발전할 수 있으며 그것이 e스포츠 산업발전의 원동력이 될 수 있을 것이다.

특히 유소년부터 노인에 이르기까지 생활e스포츠 활성화를 위해서는 이들에게 e스포츠를 올바르게 이해시키고 절제한 e스포츠 게임을 즐기게 해줄 수 있는 체계적인 교육과 지도를 담당할 일선 e스포츠지도사는 전국적으로 3,927개의 시군구, 읍면동 단위를 고려할 때 최소 1만 명 이상 필요하다. 이들이 풀뿌리 e스포츠 활동을 주도하면서 저변을 확대하고 e스포츠 산업 발전에 기반이 될 수 있기 때문이다. 결국 e스포츠 분야의 일자리 창출은 정부와 지자체의 정책결정과 재정적 지원 그리고 관련 단체의 적극적인 노력을 통한 e스포츠지도사 양성에서부터 시작될 수 있음을 강조하면서 정부의 관심을 촉구한다.

Column 26

e스포츠 활동과 노화의 관계

최근 e스포츠 게임중독이 노화의 지표인 텔로미어 길이에도 영향을 미친다는 논문이 발표된 바 있다. 게임중독에 빠진 청소년들의 높은 스트레스 지수와 낮은 교감신경기능이 텔로미어 길이에 영향을 끼쳐 노화를 가속시킨다는 내용이다.

우선 내용 설명에 앞서, '텔로미어(Telomere)'와 '텔로머라제(Telomerase)'라는 것이 도대체 무엇인지부터 알아보자. 우리의 몸은 생명을 유지하기 위해 살아있는 동안 세포 분열을 계속해서 진행한다. 세포분열이 진행될 때마다 DNA(염색체)의 끝부분은 계속 짧아 지는데 이 짧아지는 DNA 끝부분을 '텔로미어

(Telomere)'라고 한다.

텔로미어는 non coding DNA로, 우리 몸의 유전정보를 담고 있지 않기 때문에 텔로미어가 손상되도 유전 정보를 담고 있는 DNA가 손상되지 않아 우리 몸에 큰 문제가 발생하지 않는다. 즉, 텔로미어는 유전정보가 담긴 염기서열 대신 손상되면서 염색체를 보호하는 역할만을 담당하는 DNA 끝부분이다.

그러나 만약에 계속된 세포분열로 텔로미어가 다 손상된다면 세포분열은 더 이상 이루어지지 않게 되어 그때부터 세포의 노화가 시작되는 것이다. 그래서 텔로미어 길이를 길게 유지하는 것이 노화를 방지하고 우리 몸을 건강하게 유지하는 방법이기도 하다.

이러한 텔로미어 길이를 길게 유지시켜주는 역할을 하는 효소가 있는데 바로 텔로머라제(Telomerase)이다. 텔로머라제는 텔로미어 길이가 짧아져 노화가 발생하는 것을 막아주는 역할을 담당하고 있는 효소이다. 즉, 텔로머라제는 적절하게 발현되면 우리 몸에 도움이 되는 효소이다.

여하튼 의아한 것은 게임중독이 텔로미어 길이 축소에 어떻게 영향을 준다는 것인지 알아볼 필요가 있다. 연구논문에서는 게임중독으로 인한 스트레스와 신경전달물질 기능 장애가 그 원인이라고 하였다. 연구에서는 게임에 중독된 청소년들(IGA)과 그렇지 않은 청소년들(non-IGA)로 분류해 각 그룹별 건강 지표를 분석하였는데 텔로미어 길이(T/S ratio)는 IGA 그룹에서 더 짧게 나타났고 일 평균 게임 시간은 IGA 그룹이 non-IGA 그룹보다 2배 가량 더 길게 나타났다고 보고하였다.

그리고 교감신경 전달물질인 DA는 두 그룹간에 큰 차이는 없었으나 Epi, NE는 IGA 그룹에서 더 적다는 것을 알 수 있었는데 이것은 게임중독이 교감신경 전달물질 기능에 이상을 유발한다는 것을 말해주는결과라고 하였다. 특히 혈청 코르티솔 지표(Serum cortisol level)와 스트레스 지수(Psychological stress level) 모두 스트레스를 많이 받을수록 높아지는데 IGA 그룹이 non-IGA 그룹보다 현저하게 높다고 보고하였다. 즉 게임중독에 걸린 청소년들이 스트레스를 더 많이 받는다는 것을 의미하는 것으로 게임중독은 교감신경 전달물질 기능에 이상을 일으키고, 스트레스를 유발해 텔로미어 길이를 축소시킨다고 보고하였다.

텔로미어 길이가 축소된다는 것은 염증, 산화 스트레스, 항산화 기능 장애, 텔로머라제 활동 저하가 그 원인으로 텔로미어 길이가 짧아지면 노화가 촉진되고 암이 유발될 확률이 높다는 결과 보고가 있다. 이와 함께 게임중독 이외에도 코카인, 헤로인과 같은 약물 중독자들 역시 텔로미어 길이가 짧다는 연구결과가 있는 것을 볼때 중독 질환은 정신적 문제 뿐 아니라 신체적으로 텔로미어 길이도 짧게 하여 노화에 영향을 미치는 것으로 이해된다.

자라나는 청소년 뿐만 아니라 중장년과 노인들도 e스포츠 게임에 중독되지 않는 것이 텔로미어 건강을 유지시켜 젊음과 건강을 유지하는 비결이 될 것이다. 가능하다면 텔로미어 길이를 늘리는 운동법, 식단 등에도 관심을 기울이고 무엇보다도 일정 시간 이상 e스포츠 게임을 하지 않는 절제된 참여를 유도하는 것이 중요하다. 오래 살면서 e스포츠로 즐거움을 얻고 건강함을 유지하기 위한 기본적인 자세일 것이다.

Column 27

e스포츠는 e스포츠 자체로서의 가치가 있다

e스포츠가 스포츠가 될 수 없는 결정적인 요인은 무엇인가? 기본적으로 스포츠와는 달리 e스포츠는 게임사의 소유물이다. 과거에는 방송사가 대회를 주최했었지만 현재는 게임사가 지적재산권을 주장하면서 게임사가 e스포츠 대회를 주최하는 경향으로 흘러가고 있다. 따라서 일반 스포츠처럼 협회나 관련 단체가 아닌 게임사가 모든 것을 관장하기 때문에 경기 규정과 방식 그리고 처분까지 모든 권한을 가지게 게임사가 결정한다. 물론 리그나 이벤트에 소요되는 예산도 게임사가 관장한다. 기본 스포츠는 이익을 목적으로 하기보다는 공익적 차원에서 리그가 제공되거나 리그 그자

체보다는 부가적인 활동으로 수익을 창출하는 형태를 띠고 있다. 그러나 e스포츠는 게임사가 모든 것을 주관하기 때문에 e스포츠가 커지면 커질수록 발생되는 이익은 오로지 게임사의 몫이며 게임사들이 e스포츠 팀을 운영하는 경우도 있다.

e스포츠가 순수 스포츠 영역에 포함되지 못하는 이유의 사례를 들어보자. 제일 먼저 생각나는 것은 하스스톤 그랜드마스터즈에서 발생했던 홍콩 시위를 지지하는 프로게이머에게 무기한 출전정지를 한 것을 들 수 있다. 당시에 블리자드의 모기업이 중국의 텐센트인만큼 중국의 눈치를 보는 기업 입장에서 무기한 출전정지 처분을 내리는 것은 스포츠에 대한 정치개입과 함께 게임사가 이를 수용하고 선수를 징계하는 사례로 많은 비판을 받은 사례이다. 게임사의 결정에 e스포츠 협회나 관련 기관이 아무런 대응도 못하는 반 스포츠적 상황이라고 하겠다.

또한 이미 알려진 바와 같이 미국에서 개최된 2019 오버워치 월드컵은 편파적이고 공정하지 않은 과정으로 인해 논란이 된 대회였다. 당시 오버워치 월드컵은 이벤트 대회라 투자를 하지 않은 편이지만 e스포츠라고 불리기엔 부끄러울 정도로 상당히 열악했다. 그룹 스테이지 시드를 받은 국가를 제외한 다른 국가 대표팀에 대한 경비 미지원으로 인해 일부 팀은 예산 부족으로 기권을 했고 겨우 겨우 준비해서 미국 현지에서 진행한 예비 라운드에서 탈락을 한 팀은 결국 블리즈컨 2019 둘째 날에 열린 플레이오프 오프닝 세리머니에서 선수 입장 세리머니를 끝으로 일정을 마무리할 수밖에 없었다. 그 다음 해에 개최된 대회 역시 더 열악하였다.

미국 대표팀을 제외한 다른 국가 대표팀은 연습 공간이 없었고 아무런 지원이 없어 대회 자체가 형식에 그치고 말았다. e스포츠가 스포츠가 될 수 없는 제일 결정적인 사건이 있다면 바로 게임사인 블리자드 엔터테인먼드사의 HGC 운영 중단이다. 게임사가 마음대로 대회를 열고 닫을 수 있다는 여지를 남기면서 e스포츠를 스포츠로 만들기 위한 사람들에게 큰 상처가 된 사례이기도 하다.

이렇게 게임은 사기업의 소유물이고 심지어 지적 재산권까지 주장을 하면서 e스포츠 대회 주최에 강력한 힘을 행사하고 있는 만큼 정통 스포츠에서 볼 수 있는 공정성은 기대하기 어려운 시스템으로 운영되고 있다. 그렇다면, e스포츠를 스포츠로 편입을 시키기 위한 사람들의 노력으로 이러한 현상을 방지하고 e스포츠 조직에서 공익적인 운영이 가능하도록 전환을 시킬 방법이 가능한가? 안타깝게도 현실적으로 쉽지는 않다. 현 체제에서는 게임사에게 모든 권한이 있고 영향력을 행사하고 있기 때문에 이를 넘어설 수 있는 방법이 없다. 그러나 정작 게임사들은 주요 대회에 'e스포츠를 스포츠로 향하는 리그'라고 표방하면서 내면적으로는 게임사의 이익추구에 초점이 맞춰져 있다.

결국 e스포츠를 스포츠로서 인정받고 그 영역에 편입되기 위해서는 이를 견제를 할 기구나 제도화된 협회가 필요한데 만약 게임사의 구성원이 협회에 관여하거나 장악하고 있다면 공정한 스포츠의 가치를 구현하기가 어려울 것이다. e스포츠협회가 공정하고 제도화된 환경 속에서 e스포츠의 공식적인 경기를 개최하고 공공재로서의 가치를 실현하면서 게임사를 견제하고 관리할 수 있는 책임감과 능력을 가져야 한다. 게임사는 게임제공과 보급으로 인한 판매수익만을 고려해도 충분하다. 그래야만 e스포츠의 스포츠화가 단지 게임사의 배를 불러주는 수단에 불과하다는 오명을 벗을 수 있을 것이다.

Column 28

e스포츠의 지적재산권

얼마전까지만 해도 e스포츠를 스포츠로 인식시키고자 많은 노력을 경주해 왔다. 그러한 노력 결과 아시안게임에서 스포츠로서 정식종목으로 인정받아 매달 경쟁을 하게 되었다. 그러나 아직도 올림픽이라는 거대 스포츠 이벤트의 호출은 받지 못하고 있는 실정임을 잘 알고 있다. 아마도 IOC에서는 항저우 아시안게임을 예의주시할지도 모른다.

이제 e스포츠의 스포츠다 아니다 라는 주장은 그리 중요하지 않다. 다만 e스포츠는 게임사의 선택 사항에 불과하다 라는 말의 의미를 다시 한번 살펴보기로 하자.

개인적으로는 e스포츠가 스포츠가 될 수 없는 결정적인 이유는 바로 e스포츠에 대한 지적 재산권이 게임사에 있기 때문에 현재로서는 e스포츠의 사용 권한이 게임사임을 인정하지 않으면 안 된다. 게임사는 지적 재산권이 있는 e스포츠 게임을 통하여 엄청난 수익을 얻고 있는 것도 사실이며 이러한 게임사의 탄탄한 자본력을 바탕으로 e스포츠 대회를 게임사 주관으로 개최하고 있다. 게임에서 벌어들이는 돈으로 e스포츠에 투자를 꽤 많이 하는데 현재 이러한 탄탄한 자본이 없으면 e스포츠 대회를 열기가 힘든 구조가 되어버렸다. 게임사 입장에서는 e스포츠 대회가 필수적인 것이 아닌 선택 사항이고 게임 홍보 목적을 두는 옵션에 불과하기 때문에 이러한 논리로 인해 e스포츠가 스포츠가 될 수 없다는 말이 설득력있게 다가온다.

사례를 들어 보면 게임사인 블리자드는 2019년부터 히어로즈 오브 스톰 관련 e스포츠 대회를 개최하지 않겠다고 발표하면서 게임 마니아들에게 충격을 준적이 있다. 특히 히오스 팬들은 물론이고 히오스 팀을 운영하고 있는 프로 게임 구단들도 일방적인 처사라며 소리 높여 블리자드를 비판하였지만 블리자드의 히어로즈 오브 스톰 대회 폐지 선언을 바라보며 e스포츠는 과연 스포츠인가라는 문제에 직면하면서 스포츠이기를 스스로 부인하고 있지 않나 하는 아쉬움이 가득하다.

e스포츠가 스포츠냐 아니냐를 둘러싼 논쟁의 중심에 있을 때,

가장 많이 지적되던 점이 바로 e스포츠가 '신체운동'이냐의 문제였던 것 같다. e스포츠, 즉 컴퓨터/비디오 게임이란 행위는 스포츠라고 표현할 만큼의 '신체운동' 범주에 속할 수 없다는 것이 일반적인 생각이다. 그러나 더 중요한 문제는 e스포츠에 가장 커다란 영향력을 행사하는 조직이 바로 게임사라는 것이다. 기존 전통 스포츠와는 달리 e스포츠는 게임개발사가 대회도 개최하고 수익도 가져가고 자본도 투자하고 있기 때문에 공공재로서의 가치가 상실되어 보이기 때문에 이러한 문제가 더 심각한 문제임을 인식해야 한다. 단순히 신체 활동이냐 아니냐의 문제는 그 다음의 문제일 것이다.

특히 e스포츠가 스포츠로서의 확실한 위치를 점하지 못하는 이유가 이러한 게임사의 영향력 때문이기도 하지만 그와 함께 또 다른 문제는 e스포츠는 필연적으로 게임사의 지적재산권의 사적 재산을 활용해야 한다는 사실 때문이다. 스타크래프트가 대한민국을 포함한 전 세계 e스포츠 열풍의 중심에 놓여있다가 그 열기가 식어가게 된 가장 큰 이유로, 많은 팬들은 승부조작 사건과 함께 KeSPA와 블리자드 간 펼쳐진 저작권 관련 다툼을 꼽고 있다. 말하자면 그간 수많은 매체(방송사)들과 KeSPA는 블리자드의 저작물인 스타크래프트라는 사적 재산을 무단으로 이용해 영리를 취해왔다. 이들은 블리자드와 협의없이 무단으로 스타크래프트 대회 만들고, 중계권 팔며 대회를 개최하였고 이에 블리자드는 저작권에 대한 강력한 요구를 했으며 블리자드 입장에서는 정당한 권리라고 주장하면서 프로그램 사용에 대한 댓가를 지불할 것을 요구하였다. 블리자드는 엄청난 비용과 시간을 들여 개발한 게임을 게임사의 허락없이 무단 사용하며 자신들의 이익을 추구해 왔다고 생각하고 이에 대한 제동을 걸은 것이다.

이처럼 블리자드의 당연한 권리 주장에도 불구하고 KeSPA를 비롯한 반 블리자드 측에서는 "아디다스가 축구공 만들었다고 월드컵에 축구공 사용료를 내라고 하진 않는다"라고 주장하며 "스타크래프트는 스포츠의 일환으로 많은 팬들이 함께하는 공공재다"라는 입장을 내세워 팽팽하게 대치하고 있는 상황이다.

e스포츠의 특성상 게임사의 지적 재산권에 대한 인정은 어쩔 수 없다. e스포츠 대회를 개최하기 위해서는 게임사의 사전 동의가 필수이다. 그것이 분쟁의 소지를 최소화할 수 있는 방법이다. e스포츠가 스포츠로서의 가치를 부각하고 당당히 전문 스포츠로서 위치를 확고히 만들어 가기 위해서는 e스포츠 대회를 주관하는 단체에서는 게임사와 협업이 필요하다. 즉 e스포츠 게임의 규정과 진행방법 등은 주관하는 단체에서 공식적인 룰을 만들고 게임사는 이 룰에 맞추어 게임을 개발하고 각 국가나 지역, 팀에게 e스포츠 게임을 팔수 있도록 제도와 시스템 그리고 공식적인 규정을 함께 만들어야 한다. e스포츠가 스포츠로 인정받기 위해서는 e스포츠 주관단체로부터 e스포츠게임의 승인을 얻어 게임사

가 경기에 영향을 주거나 관여되지 않도록 공정한 운영이 필요하며 승인된 게임사는 자사의 e스포츠 게임을 전 세계적으로 공식적인 판매를 통해 수익을 창출하도록 하는 제도와 시스템이 만들어져야 한다. 그것이 게임사의 지적 재산권을 보장해주며 e스포츠가 공공재로서 스포츠로 존재할 수 있는 유일한 방법일 것이다. 게임사와 협회기관이 스포츠로서 e스포츠의 비전을 생각하고 함께 고민하며 상생할 수 있는 방법을 모색해야 한다.

Column 29

e스포츠에도 멘탈코치 필요한가

전문 스포츠 종목에서는 멘탈 코치 또는 카운셀링이 이제 중요한 부분이 되었다. 선수들의 심리적 변화에 대처하고 슬럼프를 극복하는데 무엇보다도 중요한 것이 바로 마음치료이기 때문이다. 이러한 과정을 멘탈코칭이라 하면서 지도자에게는 선수들 관리하는데 가장 중요하게 여기는 부분이기도 하다. 흔히 멘탈코칭을 스포츠 심리 기술훈련으로 생각하고 상담 및 치료기술을 개발하여 선수들의 멘탈을 케어하는 것을 말한다. 멘탈코치는 스포츠 종목에서 선수들에게 심리적 부분을 관리하고 강하게 무장시키기 위하여 무언가를 가르치는 코치를 말한다. 멘탈코치가 스포츠 종목

에서 중요하게 생각하며 직업적인 전문성을 인정받은 것은 얼마 되지 않는다. 특히 우리나라에서는 더욱 그렇다.

그러나 개인종목의 경우는 꽤 오래전부터 멘탈 코치를 두고 선수들의 심리적 치료 및 예방을 통하여 흔들리지 않는 강인한 멘탈을 갖도록 중요한 훈련의 일부이기도 하였다.

그리고 멘탈코치라는 직업도 스포츠가 대중화되면서 비교적 최근에 생겨난 직업이다. 육상경기나 스피드 스케이팅 그리고 쇼트트랙, 탁구, 배드민턴 등 선수 개인의 정신 무장이 중요한 스포츠 종목에서는 멘탈코칭의 효과가 무엇보다도 크기 때문에 멘탈코칭은 코치의 중요한 역량이기도 하였다. 최근에는 이슈가 되는 선수들에게 인터넷을 통한 악플과 비난 등이 일상화되어 있는 환경을 고려한다면 종목을 망라하고 멘탈코칭이 중요하게 대두되고 있다.

최근 선수들에 대한 악플과 비난은 도를 넘어 선수의 생명을 위협하고 선수들은 이로 인해 우울증과 대인 기피증, 공항장애에 시달리는 경우도 있고 선수생활 자체가 힘들어서 그만두게 되는 경우도 종종 매스컴을 통해 접하고 있다. 이러한 선수들의 심리적 불안감과 좌절감을 위로하고 해결방안을 찾아주는 역할이 바로 멘탈 코치의 역할이다. 특히 e스포츠는 유명선수일수록 이러한 악플과 비난에 한두 번 시달리지 않은 사람이 없을 정도다. 사전에 이에 대한 충분한 준비가 없거나 훈련이 안되어 있다면 누구나 불면증과 분노, 우울증에 빠질 수밖에 없고 이러한 선수들의 고통은 곧 e스포츠 발전에 악영향으로 작용하여 e스포츠의 미래를 위협하게 될지도 모른다. e스포츠에도 멘탈 코치가 절대적으로 필요한 이유이다. 멘탈코치는 슬럼프와 같은 상태에 빠진 선수들에게 리프레시(환기)를 시켜주며 우울해 있던 마음에 변화를 주고 컨디션을 최상으로 끌어올리도록 선수들의 멘탈을 관리해주는 게 주요 업무이다. 그렇다면 멘탈코치가 되기 위해서는 무엇이 필요한가? 멘탈코치가 되기 위해서는 스포츠심리학의 이론을 우선 이해해야 한다. 스포츠심리학에서도 카운슬링과 심리치료학에 대한 이론과 경험이 필요하다. 뿐만 아니라 운동생리학적 측면에서 신체와 정신적 상호관계에 대한 전문지식이 필요하다. 정신적인 변화는 곧 신체적 활동에 영향을 주어 전혀 예기치 못한 결과를 야기할 수 있기 때문이다. 그리고 멘탈코칭의 연구와 사례에 대한 논문도 충분히 섭렵해야 한다. 다양한 경우에 선행연구에서는 어떻게 해결방법을 찾았는지를 사례를 중심으로 이해하다 보면 시행착오를 그만큼 줄일 수 있기 때문이다. 최근에는 대학에 e스포츠학과가 개설되어 다양한 교육과정이 개설된 바 있는데 가장 중요한 과목 중의 하나가 e스포츠심리학과 멘탈코칭일 것이다.

우수한 선수를 양성하는 것 못지않게 우수 멘탈코치도 양성할 수 있는 환경과 제도가 필요하다. 마음을 다스리는 코칭이야말로 세계적인 선수를 양성하는데 중요한 양분이 될 것이다.

Column 30

e스포츠의 대중화를 위해 무엇이 필요한가

2023 항저우 아시안게임을 앞둔 시점에서 우리나라 e스포츠의 현재와 미래에 대하여 심도 있는 점검이 필요하다. 게임 영역으로만 간주되었던 e스포츠가 비로소 스포츠의 정식종목으로서 메달 경쟁에 돌입하게 되었다. 최근에 한국체육학회를 중심으로 e스포츠 발전과 저변확대를 위한 포럼에서도 핵심은 e스포츠의 대중화였다.

e스포츠 종주국으로서 아시안게임 더 나아가 올림픽에서의 메달 경쟁할 때가 머지않은 시점에서 과연 우리의 e스포츠는 기반이 튼튼하고 우수인재양성을 위한 지원체계가 구축되어 있는지 스스로 진단해야 한다. e스포츠의 대중화를 위해 무엇보다도 중요한

것은 e스포츠에 대한 투자다. 정부 및 지자체에서 e스포츠에 저변 확대를 위한 투자가 과연 얼마나 이루어지고 있는지 궁금하다.

e스포츠의 대중화를 위해서는 e스포츠 시설의 확충, 그리고 남녀노소 누구나 쉽게 참여할 수 있는 e스포츠 게임 프로그램, 그리고 이를 관리하고 지도하는 지도자에 대한 정부와 지자체의 투자가 이루어져야 e스포츠의 대중화를 촉진할 수 있다.

2023년 문화체육관광부의 예산은 1조 3,947억 원이며 이 중 e스포츠 관련 예산은 642억 원으로 주로 e스포츠 대회 지원 및 e스포츠 인재양성에 지원되는 비용이 전부이다. e스포츠 대중화를 위한 예산은 턱 없이 부족한 실정이다. 특히 젊은 계층에 집중되어 있는 e스포츠 참여자의 계층단절은 e스포츠의 대중화에 걸림돌이기도 하다.

2001년 e스포츠 올림픽이라고 할 수 있는 월드사이버게임(WCG) 첫 대회가 한국주최로 서울 코엑스컨벤션홀에서 개최되었는데 37개국 430명의 선수가 참여하여 FIFA2001을 비롯하여 6개 종목이 펼쳐졌다. 물론 1, 2회 대회를 대한민국이 우승하면서 디지털 문화의 선도국, e스포츠의 종주국의 면모를 과시한 바 있다. 그럼에도 불구하고 현재에는 중국과 미국, 일본 등이 국가주도하에 대중화를 위한 폭발적인 지원을 아끼지 않고 있는 반면에 한국은 한국콘텐츠진흥원의 인재양성사업과 리그 지원 수준에 머무르고 있다.

  항저우 아시안게임을 주최하는 중국에서는 자국의 게임을 2개
나 종목으로 포함시키면서 e스포츠 주도권을 확보하기 위해 안
간힘을 쓰고 있고 일본은 e스포츠 관련 각종 국제대회를 유치하
여 정부에서 전폭적인 지원을 해주고 있다. 이러한 정부의 지원
이 결국 그 나라의 e스포츠 대중화를 촉진시키고 e스포츠 강국으
로서 기반을 구축하게 되는 것이다.

  반면에 우리나라는 국지적이고 일시적인 지원에 그치는 경우가
많다. e스포츠 대회를 주관하는 게임사나 구단에만 의존하며 아
직도 힘겹게 그들만의 노력으로 정상을 지켜오고 있다고 해도 과

언이 아니다. 현실적으로 시군구 읍면동까지 남녀노소 누구나 즐길 수 있는 e스포츠 환경을 구축한다는 것은 어쩜 요원한 일이다. e스포츠에 대한 편견도 불식시켜야 한다.

지금의 상황에서 e스포츠 대중화를 위해서는 적어도 항저우 아시안게임에서 금메달이 4~5개 정도는 획득하고 그로 인해 e스포츠 스타가 탄생하여 국가적인 관심의 대상이 되어야 한다. 그 이후 e스포츠 시설이 지역마다 확충되고 누구나 쉽게 배우고 즐길 수 있는 환경이 구축되어야만 e스포츠 대중화를 기대할 수 있다. 이 모두가 예산이 필요한 부분이다.

특히 지역의 보편적 복지 차원에서 예산이 확보되어야 e스포츠의 대중화, e스포츠의 생활화, e스포츠의 복지화가 이루어질 수 있다. 현실적으로 e스포츠의 대중화는 쉽지 않은 일임을 알 수 있다. 그러나 쉽지 않다고 포기하거나 뒤로 미루면 e스포츠의 종주국으로서 e스포츠의 강대국을 만들어 나가는 길은 더욱 어려울 것이다. 쉽지 않지만 지금부터 차근차근 준비해야 한다. 그 준비의 첫 단계는 정부의 정책 개발과 과감한 재정지원임을 강조하고 싶다. 머지않아 올림픽에서 e스포츠가 정식종목화된다고 하면 그때는 이미 대중화는 물론 e스포츠 강대국의 위치를 만들기가 더 어려워질 것이다.

Column 31

스마트실버의 등장이
e스포츠 시장에 미치는 영향

실버세대에게 이제 e스포츠는 어려움의 대상이 아니다. 초고령자에게는 e스포츠라고 하면 고개를 갸우뚱할지 몰라도 그들이 즐기고 있는 게임은 고스톱을 비롯하여 애니팡, 피망포커 등 주로 카드 관련 게임을 즐기는 실버세대들이 많다. 현재 대부분의 선진국은 고령화 사회로 들어가고 있으며 속도의 차이는 있지만 이는 이제 피할 수 없는 숙명이다. 이런 상황에서 대부분의 개발사와 e스포츠의 포커스는 아직도 젊은 계층에 맞춰져 있다. 아직도 주 고객층이 젊은 세대라고 생각하고 있기 때문이다.

코로나 팬데믹을 거치면서 오프라인 즐길 거리들은 위축된 반면에 온라인의 즐길 거리들은 폭발적인 성장을 해 왔다. 이러한 사회적 분위기 속에서 이른바 스마트실버세대가 등장하였다. 2000년대에 40대로서 디지털 문화에 접한 세대들이 이제 시니어 세대로 성장하면서 e스포츠 시장의 큰손으로 새롭게 부각되었다.

경제력을 갖춘 스마트실버들도 한 축이 되어 소비시장을 견인하고 있음을 부정할 수 없을 것이다. 스마트실버세대는 일명 실버 서퍼로 인터넷과 각종 스마트 IT 기가 조작에 능숙한 노년층을 말한다. 지금까지의 노년층은 맥도날드의 키오스크 앞에서 어찌할 바를 모르며 당황하는 모습들을 보며 실버세대는 당연히 스마트 기기와 거리가 먼 세대로 오해를 받아 온 것도 사실이지만 IT 1세대가 실버로 등장한 이 시점에서는 그러한 시각은 접어두는 것이 좋을 것이다.

이미 e스포츠를 즐기던 원년 세대들이 고령화 세대에 진입해 있기 때문이다. 그러나 이들 세대는 젊은 시절의 e스포츠를 즐기던 순발력과 반응속도 등 게임에 대한 플레이 역량이 떨어져 다소 게임참여 유형이 달라졌지만 갈수록 실버세대에서 e스포츠를 즐기는 실버세대가 늘어날 것이다. 하지만 대부분의 게임 개발사나 투자기업은 실버세대를 위한 게임 개발을 고려하지 않고 있다. 아직까지도 e스포츠의 주 고객층이 10대에서 30대 정도로 인식하고 마케팅 대상을 30대 이하 연령층에 두고 그들이 원하는 게임 개발을 하고 리그를 개최하고 이벤트를 실시하고 있는 것이 사실이다.

그러나 해가 바뀌고 저출산의 문제가 해결되지 않는 한 고연령 층의 증가는 어쩔 수 없는 현실이라는 점을 간과해서는 안된다. 최근의 고령화 사회에 진입한 연령층을 우리는 스마트 실버라고 명칭을 부르는 이유가 있다. 이들의 실상에서 e스포츠는 모바일 을 이용하여 자연스럽게 생활 속으로 들어와 있고 무료플레이 시 간을 소진하면서 다른 게임으로 이동하여 광고를 시청하는 지능 적인 실버세대도 더욱 늘어날 것이며 동시에 빠른 반응이 필요했 던 RTS, MOBA, FPS등의 장르의 재미를 잊지 못해 관람하는 형태 의 유저층도 계속 늘어나면서 결국 e스포츠에 산업 전반에 긍정 적인 영향을 줄 것이다.

지금의 초고령층이 TV에서 트롯가수들에게 열광하며 TV를 보 듯이 언젠가는 이들이 트롯가수의 노래보다 e스포츠를 더 즐겨 하는 시절이 올 수도 있다.

특히 우리나라는 빈곤한 노인층도 많겠지만 일정 이상의 수입 을 유지하는 부유한 노인층도 많아질 수밖에 없다. 안정된 노후 연금 체계와 자산이 확보된 상태에서 디지털 활용 능력이 뛰어난 실버세대는 자연스럽게 게임과 e스포츠 산업의 콘텐츠에 더 많 은 시간과 돈을 소비할 수 있고 그 비율이 갈수록 늘어날 수 있다.

스마트실버세대가 선호하는 e스포츠 콘텐츠 개발에 관심을 가 져야 할 때다. 향후 e스포츠는 실버세대에 중요한 여가활동이자 건강활동으로 자리 잡을 수 있다. 이러한 시대가 도래하기 전에 실버들을 위한 지역사회 e스포츠 모임을 활성화하고 그들이 모여 e스포츠를 즐길 수 있는 시설이 사회복지관이나 노인회관 등에 설치되어야 한다. 초고령화 사회에 진입하는 현실을 고려할 때 노인들에 대한 e스포츠 활동 참여는 당연한 여가활동이자 복지활동임을 인식하고 이들이 활동하는 시설들에 대한 디지털화도 함께 추진해야 한다.

e스포츠가 실버세대의 중요한 여가활동으로 자리잡을 수 있도록 시대에 부응하여 디지털 환경을 구축해줄 때 노인들의 경제활동 수명이 늘어나고 활력있는 경제활동으로 국가경제에도 긍정적으로 영향을 미칠 것이다. 스마트실버세대의 활동 공간을 마련해줘야 하는 이유가 여기에 있다.

Column 32

e스포츠발전을 위한 제언

　많은 학자들이 대한민국 e스포츠 발전을 위해서는 투자·교육·대중화가 시급하다고 주장하고 있다. 2022 e스포츠 교육혁신 포럼에서도 대한민국 e스포츠 발전을 위한 다양한 방법을 모색했는데 이 자리에서 포럼 참석자들은 e스포츠는 디지털시대 최고 콘텐츠로 e스포츠의 확장성을 교육으로 승화시켜야 한다면서 선수들의 학습권 보장과 체계적인 지도자 교육프로그램 도입을 주장했다. 또 항저우 아시안게임을 앞두고 표준화 및 대중화에 관한 구체적 논의가 필요한 시점이라고 입을 모았다.

　한국체육학회 e스포츠산업위원회와 호남대 LINC3.0사업단 주관으로 열린 포럼에서 e스포츠 발전을 위한 스포츠 협업 방안을 주제로 토론한 결과 한국체육학회 김도균 회장은 게임산업은 지난 20년 동안 높은 성장세를 유지해오며 2023 항저우 아시안게임에 8개 정식종목이 채택되는 등 21세기 디지털 비즈니스의 가장 매력적인 스포츠 문화상품이자 MZ세대의 주류문화로 자리매김했다고 설명한 뒤 올림픽과 같은 국제대회 종목으로 발전하기 위한 공공성 확보가 필수적이며, 아마추어와 프로가 모두 발전하는 생태계 구축, 기존 스포츠와의 공존, 또 지속가능한 발전을 위해 e스포츠 종주국에 걸맞는 투자 등 산업화 노력이 절실하다고 강조했다.

그중에서 눈에 띄는 발표는 e스포츠의 공공성에 관한 제도화의 필요성을 강조한 내용이며 e스포츠의 공공성의 문제를 공식적으로 거론하여 스포츠로서의 공공재의 의미를 강력하게 주장하기도 하였다.

이처럼 여러 포럼에서 많은 학자들이 e스포츠 발전을 위해 정부의 투자 필요성과 e스포츠 참여자를 위한 교육과 지도 그리고 이를 통한 대중화될 수 있도록 해야 한다는 공통된 주장들을 피력하고 있다.

맞는 말이다. e스포츠 발전을 위해서 정부의 투자가 있어야 e스포츠 기반이 구축될 것이고 대중화를 위해서는 교육이 전제되어야 한다는 원론에는 이론이 없다. 다만 아쉬운 것은 e스포츠 발전의 가장 큰 틀은 e스포츠 산업화이고 규모가 확장해야 한다. e스포츠 산업화를 통해 산업적 가치를 증대시키고 규모를 확대하기 위해 무엇이 필요한가를 생각해봐야 한다. 그것이 전체적인 e스포츠 발전의 토대가 되고 원동력이 될 수 있기 때문이다.

e스포츠 산업화에 있어서 빼놓을 수 없는 가장 중요한 영역이 바로 게임 개발사의 의지와 역량이다. 이것은 기존의 전통 스포츠에서는 찾아볼 수 없는 e스포츠만의 독특한 특성이자 차이점이다. 게임 개발사의 투자유도와 그들의 역할에 대한 명확한 역할분담이 이루어져야 스포츠로서 e스포츠의 발전을 기대할 수 있을 것이다. 단순히 정부나 관련 기관이 주도하면서 협업이 이루어지지 않는다면 e스포츠의 발전은 기대할 수 없다.

자칫 잘못하면 e스포츠 게임 개발사의 배만 불려주는 상황에서 벗어나지 못하거나 e스포츠 개발사를 배제한다면 e스포츠는 발전을 기대할 수 없다. 물론 게임 개발을 국가나 기관이 주도해서 보급해야 하는 어려움에 봉착할 수 있고 이러한 관계가 기존의 전통스포츠보다 복잡하고 미묘한 금전적 이득과 관계되어 있기 때문에 좀 더 면밀하게 해결해야 하는 문제가 많은 것이다.

이제 아시안게임을 시작으로 올림픽경기에서도 e스포츠가 정식 종목이 될 날이 멀지 않았다. e스포츠 종주국으로서 선도적으로 e스포츠의 발전을 주도하기 위해서는 정부와 개발사 그리고 관련 기관이 머리를 맞대고 상생의 길을 모색해야 한다.

집안이 안정적으로 기반이 잘 구축되어야 밖에서도 안정적으로

위치를 만들어 갈 수 있다. 국내 e스포츠의 활동이 안정적으로 발전하기 위해서는 e스포츠 산업의 규모를 확대해야 하고 그속에서 e스포츠 프로그램 개발, e스포츠 교육, e스포츠 지도자 양성, e스포츠 관련 제품개발, e스포츠 시설 확충 등이 제4차산업 혁명에 부합되게 발전적으로 추진될 때 대한민국의 e스포츠는 세계를 향한 e스포츠로 발전해 나갈 것이다.

세계 e스포츠를 주도하기 위해서는 경쟁력을 키워라

재작년에 국제 e스포츠 활성화 및 아시아 주도권 유지를 위한 3개국 e스포츠 대회가 개최되었다. 아시아권의 한 · 중 · 일 e스포츠 대회(Esports Championships East Asia)는 아시아 종합 e스포츠 대회이며 대한민국, 중국, 일본의 3개국이 공동으로 개최하는 e스포츠 대회이다. 2021년 11월에 처음 개최되었으며 5개 종목을 선정하여 3개국이 라운드 로빈 방식과 결승 5판 3선승제로 진행되었다. 물론 한국이 주도적으로 우승을 견인하였다.

일본은 최근에 e스포츠 국제대회를 대거 유치하고 있다. 2022년도에는 에이서(acer) 자사가 개최하는 아시아 태평양 지역 게임대회 '에이서 프레데터 리그(Predator League) 2022'의 그랜드 파이널 행사를 일본 도쿄 다마시에 위치한 링크 포레스트(Link Forest) 경기장에서 11월 11일부터 13일까지 3일 동안 15개국에서 선발된 30개 팀이 참가하여 치열한 경쟁을 펼쳤다. 전통적으로 한국의 강세 종목인 〈PUBG: 배틀그라운드〉와 〈도타2〉 게임 부문에서 각각 최강자의 자리를 두고 치열한 경쟁을 하였다. 배틀그라운드 부문에 한국 대표로 출전한 담원 기아(DWG KIA)는 대회 첫날부터 강력한 게임 플레이를 선보이며 대회 분위기를 주도했으나, 베트남 e스포츠팀 'Genius Esports'에 패하며 최종 2위를 차지해 3만 달러의 상금을 받았고 담원 기아와 함께 배틀그라운드 부문 한국 대표팀으로 출전한 'GNL ESPORTS'는 다크호스로 주목받으며 뛰어난 기량을 선보였지만 아쉽게 4위로 경기를 마무리하며 TOP3에는 끝내 오르지 못했다.

중국은 2003년부터 중국국가체육총국의 주도하에 e스포츠를 99번째 스포츠 종목으로 지정하였고 각 행정구역마다 여러 e스포츠 산업 정책을 도입하고, 외국 인재들을 유치하여 e스포츠 산업의 활성화를 촉진하였다. 중국 정부는 대대적으로 자금, 인력, 세금, 외국인 비자 등 규제를 완화하거나 개혁하면서 e스포츠 산업발전을 적극적으로 지원하고 있다. 특히 베이징시는 2018년 7월 애니메이션 게임을 포함한 9대 문화 분야를 육성하고 고품질 글로벌 e스포츠 대회 개최, 텔레비전 중계 등 온라인 게임산업의 건전한 발전을 위한 지원책을 발표하여 20223년 광저우 아시안게임에서 메달을 획득하려는 강력한 의지를 보이고 있다.

최근 동남아시아에서도 베트남을 비롯하여 태국, 인도네시아 등 e스포츠 열풍이 불고 있으며 국제대회에서도 좋은 성적을 거두면서 국가적인 지원을 전폭적으로 받고 있다. e스포츠 종주국이라고 하는 대한민국은 지금 어떠한가, 정부로부터 e스포츠 대중화를 위한 정책 개발은 전무하고 e스포츠 시설 역시 빈약하다. 다만 e스포츠 선수들에 의해서 비록 그들만의 리그이지만 그 명맥을 유지하고 있다.

아시아를 석권하지 않으면 게임사를 보유하고 있는 미국이나 유럽을 상대하기는 더 버겁다. 일본이나 중국은 이미 e스포츠 게임을 개발하여 개발사와 함께 e스포츠 단체들이 협업하여 국제 e스포츠 시장의 점유율을 높여가고 있다.

e스포츠 종주국이라고 외치고 있을 때가 아니다. e스포츠 관련 각종 국제대회에서 우승을 유지하기 위해서는 기본적으로 정부의 지원이 우선해야 한다. 재정이 없는 스포츠는 결코 경쟁력을 가질 수 없다. 정부 차원에서 게임개발사의 e스포츠에 적합한 게임을 개발하고 국제대회를 유치하고 보다 우수한 선수를 양성하기 위한 좋은 시설을 확충하는 것 모두 e스포츠 대중화, 생활화, 복지화를 위한 기반조성의 조건들이다.

밥상을 차려놓고 입맛에 맞는 반찬을 만들어 낼 수 있도록 좋은 재료를 공급해 주는 역할은 정부의 몫이다. 그것이 대외적으로 경쟁력을 갖는 조건이며 e스포츠 종주국으로 표본이 될 것이다. 머지않아 e스포츠 올림픽이 개최된다면 대한민국의 태극기가 더 많이 펄럭일 수 있도록 지금부터 준비하고 지원하고 양성하여 국제적인 경쟁력을 가져야 한다.

e스포츠 게임사의 역할은 어디까지인가

  e스포츠는 기존 전통 스포츠와 다른 면이 있다. e스포츠 종목의 수가 매우 다양하고 운영주기가 짧고, e스포츠 게임의 룰이 변화가 많으며 게임사가 주최하는 리그에 따라 종목의 수가 쉽게 늘어날 수도 있다. 가장 큰 차이점은 e스포츠 대회 주최나 주관이 게임사라는 것이다. 게임사가 게임개발과 리그개최를 같은 방향으로 이끌어간다는 장점이 있겠지만, 문제점도 꾸준히 나오고 있다. 지금까지는 게임사가 일방적으로 리그를 폐지하거나 개최 권한을 갖고 대회수와 기간, 리그 규칙을 변경하는 등의 행위를 하더라도 이를 저지할 방법이 없었다.

게임사의 독단적인 결정은 e스포츠 관련 사업자, e스포츠 선수 및 시청자의 권리를 침해하기도 했다. 최근 사례는 이번 2021 LoL 미드 시즌 인비테이셔널(MSI)의 4강 경기 순서와 관련해서 라이엇 게임즈가 예고 없이 대회 규정을 임의로 변경하여 참가팀에게 혼란을 야기한바 있으며 2018년에는 액티비전 블리자드가 히어로즈 오브 더 스톰 리그(HGC)를 갑작스럽게 중단하며 해당 소식을 일방적으로 통보하기도 했었다. 이러한 게임사들의 일방적인 횡포가 있다 하더라도 e스포츠 종목과 관련된 선수 및 관계자들은 일방적으로 피해를 받아들여야만 했다.

팬들이나 선수들에게 오랫동안 잘 알려진 e스포츠 리그도 게임사의 이해관계에 따라 극단적인 결정을 내리는 경우가 종종 있다. 그것은 e스포츠 게임을 개발하는 개발사는 이윤 추구가 최우선인 기업이기 때문에 도의적 책임을 강요하거나 기대할 수 없다. 다만 이들이 이윤을 추구하면서도 공공재로서 도의적이고 윤리적인 가치를 인식할 수 있도록 법적으로 제한할 필요가 있다.

이러한 문제점을 보완하기 위해서 e스포츠 대회 진행과 관련하여 게임사의 독단적인 결정을 막는 법안이 발의됐으나 실효성있는 법안으로 정착하기까지는 아직도 멀다. 벌의된 법안을 보면 "대통령령으로 정하는 규모 이상의 전문 e스포츠 대회에 대해 문화체육부관광부령으로 정하는 절차에 따라 미리 그 사실을 종목선정기관과 해당 e스포츠 선수에게 알려야 한다.”며 "e스포츠 대회 종료일로부터 6개월 전까지 알리지 않으면 문화체육부장관이 과태료 부과 및 징수한다."는 내용의 법안을 발의했다. 그나마 이것은 최소한의 안전장치기는 하겠지만 중요한 것은 e스포츠 게임 개발사의 역할을 명확하게 제시해주는 것이 필요하다. 물론 최대한 이윤을 보장해 주면서 e스포츠로서 공공재의 가치를 가지고 정상적인 리그가 진행될 수 있도록 합리적인 규정이나 제도를 만들어야 한다. 관련 협회나 진흥회에서는 e스포츠 종목으로 선정하기 위한 기준과 조건 등을 먼저 설정해야 하며 이는 공청회와 토론회를 거쳐 가장 합리적인 기준과 조건을 도출해내야 한다. 수많은 게임이 다 e스포츠라는 명칭으로 남용되어서는 안된다. e스포츠 종목으로 선정되기 위해서는 스포츠가 가지고 있는 공공재로서의 가치를 포함하는 기본적인 조건과 규정이 있어야 하고 룰의 변경도 e스포츠 개발사가 독단적으로 하는 것이 아니라 관련 협회와 사전에 충분히 협의하고 검토한 후 변경의 이유를 구체적으로 제시할 수 있도록 할 필요가 있다. 수많은 게임개발사에서 개발된 게임들이 e스포츠 종목으로 선정되었을 때 얻는 이점이 분명히 제시되어야 한다. 가령, 공식 후원사나 광고사의 협약, 그리고 전 세계적으로 게임의 판매권 보장 등 게임 개발사가 얻는 이익이 커야 그들이 e스포츠 종목으로 선정되기 위해 끊임없이 연구하고 개발하며 노력할 것이다. e스포츠 게임사와 상생의 조건이 충복될 때 e스포츠는 대중화, 생활화, 복지화가 될 수 있으며 스포츠로서의 위치도 차지할 수 있을 것이다.

Column 35

황금알을 낳는 e스포츠

과거에는 스포츠 경기는 참여하는 데 의의가 있다는 명제가 통했다. 지금도 이 명제를 받아들일 수 있는지 모르겠다. 왜냐하면 스포츠 산업이라는 영역이 생겨나고부터 스포츠는 돈이다 라는 명제가 더 어울리는 시대가 되어 버렸기 때문이다. 그와 함께 e스포츠도 'e-Sports is money'라는 명제가 통할 수 있을 거 같다. 지금의 e스포츠 시장은 전통스포츠 시장의 규모를 앞지르고 있기 때문이다.

최근에 들어와서 e스포츠(Electronic Sports)는 눈부시게 성장하고 있다. 1998년 미국의 게임사 블리자드가 개발하여 시연한 실시간 전략시뮬레이션 게임(Real-Time Strategy, RTS) '스타크래프트'는 e스포츠의 효시라고 할 수 있으며 2009년 다국적 게임사인 라이엇게임즈가 개발한 실시간 공성장르 게임인 'League of Legends(LoL)'를 출시하여 전 세계적으로 e스포츠의 활성화를 위한 촉진제가 되었다.

코로나19로 힘들었던 2021년은 EDG와 담원 기아가 맞붙은 롤드컵 결승은 동시 최고 시청자 수가 역대 최고인 401만여 명을 기록했다. 2021년 3월 28일 인천 영종도 스튜디오 파라다이스서 열린 국내 게임사 크래프톤의 총쏘기 게임 '배틀그라운드'의 '2021 펍지 글로벌 인비테이셔널(PGI.S)' 결승전은 전 세계적으로 천만 명이 넘는 사람들이 시청하였다고 한다.

e스포츠의 인기가 높아지면서 게임사와 후원사의 상금도 엄청나게 커졌으며 2020년 기준으로 대회 총상금은 카운트스트라이크의 글로벌오펜시브가 1,585만 달러, 아레나 오브 발러가 950만 달러, 도타2 리그가 932만 달러, LoL리그가 811만 달러의 상금을 내걸고 리그를 진행하였다. 우리나라에서 e스포츠 종목의 연봉이 가장 높은 선수로는 LoL Faker 이상혁 선수(SK telecom CS T1)로서 2021년 기준 연봉은 52억 원 이었다. 이 금액은 다른 프로스포츠 종목의 선수들을 포함해도 최고의 수준이다. 2022년 기준 국내 e스포츠 산업 규모는 1,496억 원의 규모이지만 매년 17.9% 성장추세에 있고 국제 e스포츠 시장의 규모도 2021년 기준 11억

3,700억 달러이다. 여기에는 e스포츠 배팅이나 e스포츠 후원사 및 광고수입이 포함되지 않는 규모이지만 폭발적으로 커지고 있다. e스포츠 산업 역시 굴뚝 없는 신산업으로서 향후 황금알을 낳는 신산업으로 부각될 것이다. LOL이나 FIFA게임의 경우 전 세계 인구 중 10억 명 이상이 즐기고 있는 것으로 나타났기 때문에 이들을 대상으로 하는 e스포츠 시장은 무한대로 커질 수 있다. 우리나라도 현재에는 젊은 계층의 전유물에서 벗어나고 있음을 알 수 있는데 스마트 실버 계층의 확산이 무서울 정도로 번져 나가고 있다. 이제는 가정에서 부부가 함께 즐기고 노인정에서 할아버지와 할머니가 함께 즐기는 e스포츠가 되고 있으며 언어와 인종, 국가를 떠나서 함께 즐길 수 있고 교류할 수 있는 전 세계적인 e스포

츠 활동이 이루어지고 있는 실정이다. 이러한 e스포츠 산업, e스포츠 시장이 기존의 전통 스포츠 산업이나 스포츠 시장에 비교될 수 있을까. 아마도 시간이 흐를수록 e스포츠는 세계인이 함께하는 거대 스포츠로서 'e스포츠가 돈이다'라는 명제를 모두가 인정하는 시대가 곧 오리라고 믿는다. 그야말로 e스포츠 시장은 프로 선수리그뿐만 아니라 e스포츠 용품과 기기, e스포츠 게임 프로그램, e스포츠 의류, e스포츠 음료, e스포츠 캐릭터, e스포츠 광고, e스포츠 미디어, e스포츠 배팅 등 e스포츠 시장의 확장성은 무한대다. 무한대의 시장을 보유하고 있는 e스포츠 시장이 황금알을 낳는 거위가 아니면 무엇이겠는가.

Column 36
<u>~~~~~~</u>
e스포츠 그리핀 사건이 주는 의미

프로스포츠계에서 선수이적이나 이중등록, 불공정한 계약 등이 종종 사회적 문제로 대두되는 경우가 많았다. 특히 출범 초기에는 선수와 구단의 불공정한 계약과 선수의 이중 등록에 관한 법적 분쟁이 종종 있었다. e스포츠도 예외는 아니었다. 프로게이머의 등장 초기부터 이중등록에 대한 문제가 불거졌으나 결정적인 사건은 그리핀 사건이었다. 그리핀 사건은 2019년 11월 리그 오브 레전드의 게임시장을 발칵 뒤집었던 사건이면서 e스포츠의 고질적인 문제점이 여실히 드러난 사건이기도 하면서 정부가 e스포츠를 주목하게 된 계기가 된 사건이다. 2019 롤드컵 기간 직전 그리핀 조규남 대표의 김대호 감독 경질 이후, 조규남 대표와의 갈등이 폭로가 이어졌으며, 이러한 폭로 이후 카나비 선수가 김진 선수를 통해 김대호 감독과 접촉하면서 카나비 선수의 노예 계약서 및 구단의 횡포가 낱낱이 밝혀졌다. 한국 e스포츠 판은 그리핀 사건으로 인해 몸살을 앓았다. 이는 리그 오브 레전드 프로팀 '그리핀'이 당시 미성년자였던 프로게이머 '카나비' 서진혁과 불공정한 계약을 맺고, 그를 협박해 중국 게임단으로 강제 이적시켜 차액을 챙기려 했던 사건이었다. 이 과정에서 수면 위로 드러난 것은 구단과 선수 간의 노예 계약서였다. 구단의 일방적인 선수 권한을 위주로 한 그야말로 노예계약서이다. 선수는 구단에서 가라면 가고 오라면 와야 되는 선수로서 자기주장이나 의견을 제시할 수 없는 구단 중심의 프로팀 운영이었다.

초반에는 단순히 팀 그리핀 내부 갈등 정도로 시작되었으나, 2019년 10월 16일을 기점으로 조규남 대표의 온갖 법률, 규정 위반 사실이 드러나면서 현직 국회의원들까지 이 사안을 주시하게 되었고, 11월 20일, 그리핀에 대한 솜방망이 징계 및 내부고발자에 대한 보복성 징계로 리그를 공동 주최하는 KeSPA와 라이엇 게임즈에까지 확대되어 두 기관의 유착 관계에 관한 의혹까지 제기되었다.

이 사건과 관련하여 롤과 관련된 모든 미디어가 그리핀 사건으로 관심이 쏠렸으며, e스포츠 팀 그리핀 전 감독의 징계 재조사

관련으로 국민청원을 올라왔으며 단 며칠 만에 20만 명이 동의를 하게 됨으로써 문화체육관광부 장관이 직접 청원에 대한 답변을 하였던 사건이다. 이 사건 이후 e스포츠 선수 관련 불공정 계약에 대해 정부가 'e스포츠 선수의 권익 보호 방안'을 마련하면서 공식적인 e스포츠 선수 표준계약서가 만들어지는 계기가 되었다.

사건 당시 몇몇 국회의원이 이 사건에 개입하여 진상을 밝혀내는 데 함께 힘을 실어주면서 정치인까지 e스포츠에 관심을 기울이는 계기가 되었다. 2021년에 이르러서는 e스포츠가 2019년 말에 발생한 코로나19 속에서도 큰 성장을 보였으며 전 세계적으로 각광받는 산업이 되었고 너도나도 e스포츠 사업에 대한 뜨거운 관심을 갖게 되면서 단순한 게임과 오락이 아닌 스포츠로서 위치를 점하게 되었다. 이러한 일련의 사건들을 해결하는 과정에서 e스포츠 진흥에 관한 법률, e스포츠 공정위원회 등 e스포츠에 관련한 여러 가지 법률과 제도가 마련되는 계기가 되었다.

특히 문화체육관광부가 성문화한 표준계약서 역시 구단과 선수에게 만연된 불공정한 계약 조건들을 바로잡기 위해서 만들었기 때문에 핵심은 '공정 계약 보장'에 초점이 맞춰져 있다. 여기에는 선수와 구단의 계약 시작과 종료일까지 모두 명시하고 계약 기간도 일 단위까지 적도록 규정해 기본적인 틀을 마련하는 한편, 이를 해지하더라도 상호 합의하에 진행해야 한다는 내용도 명시하였다. 설령 선수가 계약을 위반하더라도 30일의 유예 기간을 둔 다음 해지할 수 있도록 함으로써 선수의 권리 보호의 의미가 크다고 하겠다. 시작은 그리핀 사건이었지만 이 역시 전통 스포츠에서 나타났던 고질적인 문제점들을 답습하는 e스포츠의 문제였고 e스포츠가 제도화되고 노예 계약서가 표준계약서로 개선되는 계기가 되면서 그 의미를 찾아 볼 수 있을 것이다.

Column 37

다음은 메타버스 e스포츠 게임이다

2022년 우리사회는 산업사회 이후 ICT 융합의 초정보화 사회로 진입했으며 메타버스를 응용한 과거를 소환하거나 미래를 예측해보는 가상현실과 실제 현실의 혼합된 사회에 살고 있다. 이제 스포츠도 원하는 시간에 언제든지 즐길 수 있는 가상공간적 콘텐츠가 다양하게 개발되고 있다. 이러한 사회가 가능한 것은 국민들의 소득 수준 증가와 정보화 혁명으로 인한 여가시간의 증대와 활용이 증가되어 스포츠도 역시 경제적 가치의 상승과 함께 스포츠IT 융합기술의 활용이 늘어나면서 메타버스 시대의 한 축을 담당하고 있다.

메타버스의 개념을 설명하는 데 있어 중요한 요소 중 하나는 가상현실이다. 현재 일컬어지는 가상현실(Virtual Reality; VR)이란 실제 현실과 유사하거나 전혀 다른 가상의 환경을 이미지, 사운드, 다른 감각을 통해 경험할 수 있도록 만들어낸 인공 기술 또는 그러한 가상 상호작용이 가능한 시공간적 개념을 의미한다. 가상현실은 메타버스 공간이 존재하게 하는 기본적인 배경이라고 할 수 있는데, 메타버스는 가상현실 기술이 진화되어 실재하는 현실 세계를 떠나 현실에서 존재할 가능성이 있는 여러 가지 일들뿐만 아니라 현실에서 불가능한 일의 경험까지도 가능하게 하는 3차원 온라인 공간이기 때문에 발전적 e스포츠의 공간이기도 하다. 현재 가상현실 기술이 가장 활발하게 이용되고 있는 분야는 엔터테인먼트와 교육, 의료, 산업, 재난안전 등의 영역이지만 가끔은 오락적인 목적으로 쓰이기도 하고 e스포츠 게임에서도 활용되기 시작하였다.

메타버스를 활용한 기술개발은 LG에서 개발한 라이프그램 바이오센서 기반 운동량 수집 및 제공기술, 모피어스 고글을 통한 PS(Play Station) 연동 체감형 가상현실 게임기술이 좋은 예이다. 모피어스 고글을 통한 PS이 등장하면서 e스포츠가 활성화되고 우리나라 게이머들이 국제사회에서 좋은 성적을 내면서 IT강국으로서 메타버스를 활용한 e스포츠의 발전 방향을 제시하였다. 그러나 메타버스가 2000년대 온라인 공간을 중심으로 등장하였으나, 모바일 기기를 중심으로 한 디지털 미디어 환경의 급속한 변화와 콘텐츠의 부재, 윤리적 이슈 등으로 지속적인 성장을 이어가지 못하였다.

　그러나 게임 기반 메타버스는 콘솔용 게임, PC 및 모바일 게임을 기반으로 서서히 출현 범위를 넓혀 나가고 있었으며 엔터테인먼트 콘텐츠로써 가상세계를 배경으로 서사를 가진 게임으로서 이용자들이 미션을 수행하는 등 게임 활동을 다양하게 현실감있게 즐길 수 있도록 하면서 기반을 다져 나갔다. 엄밀히 이야기하면 가상현실은 수동적인 디지털 환경이라는 점에서 이용자의 적극적인 참여로 상호작용하는 메타버스와는 구분된다. 즉, '가상현실(VR)'은 현실을 모방하는 것이지만, 메타버스는 또 다른 디지털 세계이며, 이용자가 가상현실 공간에 접속하기 위한 기술적 장치를 사용하여 그 공간에 입장하고, 그곳에서 체험하는 가상의 경험에 몰입이 일어날 수 있다는 측면에서 메타버스가 구현되기 위한 공간과 환경이 필수조건이지만 가상현실 그 자체로는 현실세계와의 연결점을 가진 메타버스와 동일시되지는 않는다.

　이러한 관점에서 향후 e스포츠 게임의 발전적 방향은 메타버스를 활용한 e스포츠 게임이라고 할 수 있으며 메타버스 e스포츠 게임의 출시를 기대해본다. 현재로서는 로블록스(Roblox)나 마인크래프트의 경우 특정 공간화 된 메타버스 내에서 운영하는 게임의 대표적인 사례라고 할 수 있다. 로블록스나 마인크래프트의 경우는 기존의 콘솔이나 PC, 모바일 게임의 유형은 아니지만 향후 이러한 기기를 이용하여 메타버스 e스포츠 게임을 이용할 수 있도록 개발이 된다면 메타버스 e스포츠 게임 시장은 무한대로 성장할 수 있을 것이다. 즉 과거의 유명선수를 불러내어 실제 경쟁할 수 있거나 그 팀의 일원이 되어 실제 게임을 하듯이 함으로써 좀 더 현실감과 만족감 등을 극대화시킬 수 있다는 점에서 메타버스 e스포츠 게임의 등장을 기대해 본다.

Column 38

e스포츠지도사 양성과정의
국가자격증화가 필요하다

정부에서 2023년 e스포츠 전문인력 양성기관 사업으로 한국콘텐츠진흥원을 지정하였다. 한국콘텐츠진흥원은 2023년 매출 및 수출 지원성과 2조 원, 투융자 1,400억 원, R&D 사업화 지원성과 600억 원을 목표로 하고 있다. 2023년 콘텐츠진흥원에 지원되는 정부 예산안은 총 6,238억 원이다.

콘진원은 '청년을 게임의 미래로, 게임을 세계 문화 중심으로'라는 비전을 세우고 미션은 '게임산업 내 자금, 인프라, 인력 수준 제고를 통한 글로벌 게임기업 및 인재양성'에 두고 있다. 주요 게임지원사업으로 PC와 콘솔 게임 개발 지원, 스타트업 및 인디게임 개발 지원 강화, 게임인재원 규모 2배 확대, 장애인 e스포츠 대회 신설, e스포츠 전문인력 양성기관 신설을 꼽았다. 2023년 게임지원사업 방향은 다양한 플랫폼의 게임 사용화 제작지원과 예비창업자 및 게임 스타트업 맞춤형 지원, 중소게임사 자율선택 지원으로 해외진출 지원, 국내 게임 상시 수출지원 및 주요 마켓 참가지원을 통한 글로벌 유통 지원, 중소 게임사 안정적 성장 지원, 게임산업 수요중심 실무형 게임 인재 양성, 건강한 콘텐츠문화 확산, 모든 국민이 즐기고 자랑하는 e스포츠 활성화에 초점이 맞춰져 있다. 관련 예산은 총 612억 원이다. 지역콘텐츠산업 육성에 포함된 게임예산을 포함하면 155억 원이 추가된 767억 원이다. 특히 게임상용화 제작지원이 주요 신규사업으로 제시하면서 국내외 게임시장을 개척할 국내 게임의 상용화를 지원하는 것을 목표로 하고 있다. 총예산 248억 원이다. 전년과 비교해 협약기간이 7개월에서 8개월로 늘어나고, 콘솔과 PC 게임에 다년도 지원을 한다.

게임인재원은 기존 130명 교육에서 240명 교육으로 확대하였고 전임교수도 기존 3명에서 6명으로 늘렸다. 교육시설면적은 기존 275평에서 682평으로 2.5배 커졌고 콘진원은 기업협력을 강화해 미취업자 대상 게임사 인턴십 프로그램을 시범 운영하기로 했다. 또한 장애인 e스포츠 대회와 전문인력 양성기관을 새로 만들고 앞으로 장애인 게임이용, 장애인 e스포츠에 있어 사업을 확대해나갈 계획이이라고 한다. 아울러 e스포츠 전문인력 양성기관을 지정하고 지원할 계획이다. 그러나 이것은 자격증을 부여하는 지도자 양성과정은 아니다. 중요한 것은 e스포츠를 일선에서 가르치고 지도하고 관리하는 e스포츠지도사의 과정을 문체부 장관 명의로 만들어야 한다. 지금 필요한 부분은 바로 e스포츠지도사이다. 국가공인자격증화를 통해서 양질의 e스포츠지도사를 배출할 수 있도록 해야 한다. 그래서 일정규모의 PC방이나 지자체 복지관 등에 국가공인 자격증을 소지한 e스포츠지도사를 배치할 수 있도록 해야 한다. e스포츠지도사 자격시험 기관을 지정하고 이론과 실습을 할 수 있는 연수기관도 지정해야 한다. 그러한 과정이 있어야 실질적인 e스포츠 인재양성이 체계화되고 e스포츠를 생활화, 대중화할 수 있는 저변확대가 가능하다. e스포츠지도사를 통한 e스포츠 활동의 윤리적 관리지도가 가능하고 대회나 리그를 관리하고 청소년뿐만 아니라 여성, 시니어를 포함한 종합적인 지도 및 관리가 이루어질 수 있다. e스포츠지도사의 역할과 기능을 명확하게 부여하며 이들을 통한 e스포츠 대중화를 촉진하기 위해서라도 e스포츠지도사의 국가자격증화가 조속히 이루어져야 한다. e스포츠지도사의 국가자격증화는 현재의 생활체육지도사나 전문체육지도사, 노인체육지도사 자격시험과 국가자격증제도의 형태를 그대로 활용해도 무방하다. 그들의 역할이나 기능은 스포츠복지서비스로서의 역할과 기능이 유사하기 때문이다.

Column 39

정부의 e스포츠 예산, 너무 부족하다

　　2023년도 e스포츠 관련 중앙정부의 예산은 얼마나 될까. 현 정부에서 e스포츠에 대한 전폭적인 지원을 아끼지 않겠다고 공약으로 언급했던 기억이 있다. 그러나 현재의 정부 출범시 정부의 100대 과제에서는 e스포츠에 관한 정책은 찾아볼 수 없었다. 다만 문화체육관광부에서 e스포츠 활성화 지원방안을 수립하고 한국콘텐츠진흥원을 통한 예산집행을 하는 것이 전부다. e스포츠 활성화 지원방안은 크게 6개 영역으로 구분하여 지원하고 있는데 e스포츠 정책연구(1억 원), e스포츠 실태조사(9천만 원), 전국 장애학생 e스포츠 페스티벌(225백만 원), 장애인 e스포츠 대회(5억 원), 국제 e스포츠 페스티벌(3억 원), e스포츠 전문인력 양성기관 지정 및 지원(10억 원)으로 총 2,215백만 원의 예산을 편성하였다. e스포츠 산업 활성화 및 e스포츠시설 확충 등 인프라 구축에 관한 정부의 예산은 전혀 없음을 알 수 있으며 이것은 e스포츠의 시대의 흐름에 역행하는 정부의 인식부족이 아닌가 생각한다. 그나마 지자체에서 e스포츠경기장 건립사업을 자체적으로 추진하고 있어 조금은 위안이 되지만 중앙정부의 지원없이 지자체 예산만으로 인프라를 구축하기에는 재정적 부담이 클 수밖에 없다.

2020년 기준 국내 e스포츠 산업 규모는 1,200억 원으로 추산되었다. 세부 항목별로 살펴보면 게임단 예산이 528.6억 원으로, 전체 산업 규모의 43.9%를 차지하여 가장 비중이 높은 것으로 나타났다. 그다음으로는 스트리밍 314.7억 원(26.1%), 방송 분야 매출 228.5억 원(19.0%), 상금 규모 132.3억 원(11.0%) 순으로 집계되었다.

2020년의 통계자료를 보면 e스포츠 산업 규모를 추산하는데는 대부분 e스포츠 게임단과 미디어, 선수 관련 자료뿐이다. 생활e스포츠 관련 자료는 수집되어 있지 않다. 정부의 예산도 e스포츠의 대중화를 위한 지원보다는 대회 중심의 지원예산이 대부분이다. 그러나 e스포츠가 활성화되고 대중화되기 위해서는 e스포츠 진흥을 위한 종합계획 수립과 추진을 위한 e스포츠진흥원 설립을 추진해야 하며 여기에서 e스포츠 인프라구축에 대한 종합계획과 e스포츠 인재양성, e스포츠지도사 양성 및 연수, e스포츠 대회지원 등을 진행할 예산지원을 정부가 과감하게 추진해야 한다.

현재 남녀노소를 포함하여 우리나라는 80% 이상의 국민이 모바일을 사용하고 있다. 그리고 많은 사람들이 모바일 게임을 즐기고 있다. 단순히 게임을 즐기기보다는 게임을 통한 정신적, 육체적 건강을 유지하고 여가활동으로서 삶의 질을 향상시키기 위한 수단으로서 e스포츠 모바일 게임이 제공될 수 있도록 예산을 마련하고 치밀한 계획하에 적극적인 예산을 지원해야 한다. 현재처럼 22억 원 정도의 예산 규모로는 조족지혈이다. 올림픽과 같은 거대 e스포츠 시장이 그림의 떡이 되지 않기 위해서는 지금부터라도 정부에서 예산을 적극적으로 투입을 해야 한다. 22억 원이 아니라 2천억 원 정도는 투입이 되어야 각 시군구에 e스포츠 전용경기장 및 강습소를 설치할 수 있으며 적어도 광역단위 지자체에는 e스포츠 멀티몰이 설립되어 경기장에서 경기도 보고 쇼핑도 하고 식사도 하고 게임을 즐길 수 있는 e스포츠 문화타운이 되어야 한다. 그래야 건전하고 건강한 e스포츠 활동을 남녀노소 누구나 즐길 수 있는 문화가 정착될 것이다. 이러한 기반이 구축될 때 국제무대에서도 좋은 성적을 거둘 수 있고 국제e스포츠 시장을 주도할 수 있을 것이다. 내년도에는 정부의 과감한 e스포츠 예산을 마련해주기를 기대해 본다.

Column 40

e스포츠만의 올림픽을 준비하자

　최근 항저우 아시안게임에 e스포츠 종목이 정식종목으로 채택되면서 e스포츠의 올림픽 정식종목 채택을 염두에 두고 IOC와 지속적인 협의를 진행하고 있다. 그러나 e스포츠의 올림픽 정식종목 채택까지는 많은 어려움이 예상된다. 일반적으로 e스포츠는 컴퓨터통신, 인터넷 등 온라인으로 이뤄지는 게임을 통틀어 말하며 게임의 한 형태로서 그 종류가 매우 다양하다. 스포츠와 달리 육체적 능력보다는 정신적 능력을 위주로 행해지기 때문에 정신스포츠(멘탈스포츠)로 분류되고 있지만 이 때문에 2017년 아시안게임 종목으로 포함됐음에도 여전히 스포츠로 인식되지 못하고 있다.

　스포츠에선 기본적으로 신체적·두뇌적 활동이 수반되지만 e스포츠는 두뇌만 쓴다는 점에서 스포츠로 볼 수 없다는 주장이 적지 않다. 또 승부를 겨루는 경기가 꼭 스포츠일 필요는 없으며, 게임 그 자체로도 의미가 있다는 주장도 만만치 않다.

　한편으로는 e스포츠가 올림픽 종목으로 채택되는 상황을 우려하는 목소리도 있다. 이미 올림픽 수준의 수많은 e스포츠 국제대회가 별도로 있고, 순수 스포츠에서는 올림픽의 전통을 유지해야

한다는 주장이 설득력이 있기 때문이다. 인간의 신체 동작과 움직임에 기초한 올림픽 종목의 기준을 현대적 가치로 훼손할 것이 아니라, 올림픽 고유의 역사와 전통을 지켜야 한다는 얘기다. 중장년층 이상 세대에선 지금도 e스포츠에 대한 부정적 인식이 남아 있는 만큼 e스포츠를 올림픽 종목으로 채택하기에는 여러 가지 장애 요인이 많아 보인다.

반면 긍정적 시선으로 e스포츠 자체를 스포츠로 인식하는 사람들 입장에서는 스포츠는 '경쟁과 유희성을 가진 신체 운동의 총칭'으로 포괄적 의미에서의 스포츠 정의를 고려할 때 '신체 운동'이라는 측면 때문에 e스포츠는 스포츠가 아니라는 주장은 시대적으로 받아들일 수 없으며 e스포츠 역시 경쟁과 유희성을 지니고 있기 때문에 스포츠로 분류해애 한다는 것이다. 이러한 쌍방의 견해는 아직도 팽팽하다. 그렇다면 굳이 e스포츠가 기존의 스포츠 영역으로 포함되어 어려운 올림픽 정식종목을 구걸하느니 차라리 자체 올림픽 경기를 만드는 것이 더 바람직할 것이다. 현재 국제e스포츠연맹에 가입된 나라는 200여 개 국가로 IOC회원국 수준과 비슷한 수준을 유지하고 있고 롤(LOL) 같은 세계적인 게임은 별도의 월드 챔피언십이 열리기도 하고 수만 명의 팬들이 몰리기도 한다. 이외에도 인기 있는 e스포츠 종목인 도타2나 FIFA과 같은 게임은 전통있는 국제대회에 40여 개 국가에서 대표들이 참가하여 치열한 경쟁을 벌이기도 하고 있다. 2001년 대한민국에서 제1회대회로 열린 월드사이버게임(WCG)은 6개~14개 e스포츠 종목을 대상으로 60여개 국가에서 참가하여 현재까지 성황리에 대회가 이루어지고 있다.

월드사이버게임(WCG)은 그야말로 e스포츠 올림픽이라고 해도 과언이 아닐 것이다. 월드사이버게임을 발전적으로 확대하고 더욱 체계화한다면 월드사이버게임을 e스포츠올림픽으로 키워야 한다. 전세계적으로 중계권과 광고권만 해도 수조 원에 이를 것이고 게임사들은 월드사이버게임에 적합한 게임 개발로 더 흥미진진하고 멋진 e스포츠 올림픽을 만들어 나갈 수 있을 것이다. 문제는 이를 관장할 국제조직이 지금보다는 더 체계적으로 더 합리적으로 조직화해야 한다. IOC와 같은 수준은 아닐지라도 적어도 각국의 대표를 포함한 평의회를 통하여 의사결정기구를 마련하여야 하고 e스포츠 규정과 종목 승인규정 그리고 심판법 등 해야 할 일들이 많을 것이다. 이러한 과정없이 현재의 IOC조직 내로 무임승차를 기대한다면 e스포츠의 확장성은 기대하기 어렵다. IOC에 의해서 단순히 몇 종목만을 제시하는 수준이라면 주도권은 게임사로 넘어갈 것이다. 국제e스포츠연맹의 기구가 실질적인 권한을 가지고 e스포츠만의 올림픽을 추구해나갈 때 e스포츠의 확장성을 보장받고 전세계인이 함께 즐기는 세계인의 축제가 될 것이다. 항저우 아시안게임에서 정식종목으로 채택된 e스포츠 종목은 8개 종목이다. 그러나 e스포츠 게임은 스포츠 게임과 스트리트 파이터, 리그 오브레전드 등 영역별로 수없이 많다. 그러한 e스포츠 영역을 특성별로 잘 분류하고 체계화하고 제도화한다면 e스포츠 자체 올림픽경기처럼 성대하게 대회를 치를 수 있을 것이다. 전 세계적으로 200여 개 국가가 회원국으로 참여하고 있는 e스포츠의 특성을 잘 살려서 광고 마케팅 효과를 극대화한다면 오히려 전통 올림픽보다도 더 성공적인 e스포츠올림픽을 만들어 낼 수 있을 것이다.

Column 41

e스포츠 대중화의 필수요소

e스포츠는 1972년 10월 19일 미국의 캘리포니아에 있는 스탠 퍼드대학교에서 '스페이스워'라는 게임으로 최초 개최되었다. 대회 우승자에게는 대중음악 잡지인 롤링 스톤의 연간 구독권이 수여되는 자리였다. 그 이후 1980년에 미국의 게임 개발사이나 유통사인 아타리(Atari)가 개최한 '스페이스 인베이더 챔피언십'은 최초의 대규모 비디오 게임 대회로서, 미국에서 만명 이상의 게임 매니아들이 참여하였고 취미를 벗어나 경쟁적인 게이밍을 확립하였다. 1988년 게임 'Netrek'은 최대 16명이 참여할 수 있는 온라인 게임으로 발전하였으며, Netrek은 세 번째 인터넷 게임이

자, 메타 서버를 사용하여 개방형 게임 서버를 배치시킨 최초의 인터넷 게임으로 인정받았고, 영구적인 사용자 정보를 보유한 최초의 게임이기도 했다.

한국의 e스포츠의 성장은 1998년부터라고 할 수 있다. 1998년 가을에 정식 발매된 '스타크래프트'가 한국에서 히트를 치면서 조금씩 보이던 PC방이 급속도로 늘어났고 지금까지 명맥을 유지하면서 한국적인 문화로 성장하였다. 이후 e스포츠의 인기가 청소년들에게 폭발적으로 퍼져나가며 프로게이머라는 전문직종이 탄생하게 되었고 청소년들에게는 우상으로서 선망의 대상이 되었을 정도이다. 2000년대 들어서면서부터 정부의 적극적인 통신정책으로 컴퓨터와 인터넷 보급이 활발히 이루어지면서 컴퓨터와 스마트폰이 대중화되어 가정에서도 게임을 즐길 수 있는 개인PC 시대가 비로소 문을 열기 시작했다. 이 시기에는 블리자드사가 개발한 '스타크래프트' 게임이 국내외에서 대회를 개최하면서 우리나라에서도 프로게이머라는 신종 직업이 탄생하게 되었고 미국의 프로게임 리그인 PGL(Professional Gamers League)에서 한국 선수들이 우승을 하면서 국내에서도 대대적으로 홍보되면서 프로게이머가 선망의 대상이 되곤 하였다.

그 이후 한국에서도 PGL을 본따서 프로게임리그인 KPGL이 등장하였고 케이블 방송사 투니버스에서 실험적으로 스타크래프트 방송을 심야에 해주었는데 반응이 기대했던 것보다 좋았기 때문에 결국 스타크래프트 방송은 온라인 게임넷이라는 게임전용 방송사를 만드는 데 영향을 미쳤다. 이어서 게임TV, MBC GAME 등의 회사가 설립되었고 온라인과 오프라인에서 각종 대회들을 주최하였다. 우리가 잘 알고 있는 임요환, 홍진호, 박정석, 이윤열 등 걸출한 e스포츠 스타가 이시기에 등장하였으며 e스포츠의 아이콘이 되었고 스타크래프트의 인기는 황금기를 누리게 되었다.

특히 임요환은 TV 방송을 통해 스타크래프트 대회에서 우승하는 장면들을 국민들이 지켜보는 가운데 방송노출 빈도가 많아지면서 유명 연예인 못지 않은 인기스타로 부각되었고, e스포츠의 대중화를 선도하는 엄청난 영향력을 보여주었다. 마치 축구의 대중화를 이끈 많은 스타들이 존재했던 것처럼 몇몇 e스포츠 스타들이 e스포츠 대중화에 영향력을 미친 것이다. 1998년 골프의 박세리 선수가 미국LPGA 대회에서 극적으로 우승하면서 골프연습장에 부모님들이 여자 어린이의 손을 잡고 골프연습장을 찾으면서 소위 박세리 키즈라는 선수들을 탄생시키면서 골프 대중화에 기여했던 것처럼 e스포츠에도 임요환이라는 국민적 e스포츠 스타선수를 통해서 많은 청소년 또는 유소년들이 임요환 키즈로 성장하면서 오늘날 e스포츠를 이끌고 있는 것이다. 국민들에게 선망의 대상이 될 국민적 e스포츠 스타선수의 발굴은 팀이나 협회뿐만 아니라 e스포츠 게임 개발사의 적극적인 지원과 협조로 양성될 수 있으며 많은 대회 참여와 후원을 통해서 훌륭한 선수들

이 탄생되고 국제대회에서도 우승권에 우리 선수들이 많아져야 비로소 스타선수로서 e스포츠 대중화 및 활성화에 지대한 영향을 미칠 수 있다. 즉 e스포츠 대중화의 필수요소중 가장 중요한 것은 e스포츠 스타선수를 만드는 것이라고 하겠다. 축구의 손흥민이나 이강인, 김민재 선수에게 열광하는 것처럼 e스포츠가 만들어낸 스타선수에게 열광하는 그때가 바로 e스포츠의 대중화에 기폭제가 될 것이다.

디지털 사이버시대를 선도하는 e스포츠

 1990년 이전 컴퓨터는 학교나 PC방에서나 볼 수 있었던 아날로
그시대라고 할 수 있다. 1990년대에 들어서면서부터 PC가 전국적
으로 보급이 되었고 노트북과 함께 우리 생활 속으로 깊숙이 자리
하게 되었다. 이 시기에 게임 산업이 급속도로 발전하면서 프로게
이머라는 직업군이 등장하고 게임이 e스포츠라는 새로운 영역으
로 포장되어 많은 사람들에게 신선하게 다가왔다. 1998년은 실시
간 전략 게임(Real-Time Strategy) 장르의 대표적인 게임이었던 '
스타크래프트'가 등장하게 되면서부터, 국내 1세대 MMORPG 게
임인 '리니지'가 출시되었다. 그밖에도 바람의 나라(1996년), 울티

마 온라인(1997년) 등이 출시되면서 오늘날 MMORPG의 기반이 되었다. 이들은 기존 온라인 게임과 비교하여 그래픽 이용자 인터페이스(Graphic User Interface; GUI) 체계를 구축하여 이용자가 키보드뿐만 아니라 마우스를 이용하여 화면에 보이는 그래픽으로 표현된 메뉴를 선택함으로써 게임을 보다 재미있게 수행할 수 있는 환경에서 더 빠르고 손쉽게 다양한 기능을 활용하여 게임을 즐길 수 있게 함으로써 e스포츠에 대한 저변을 확대해 나가는데 결정적인 영향을 미쳤다. 그 밖에도 PvP(Player versus Player), 길드(guild) 시스템, 퀘스트 동선 등의 체계가 구현되면서 온라인 게임 이용자들은 더욱 다채롭고 풍성한 경험을 할 수 있게 되었다. 이러한 e스포츠의 진화는 디지털 혁명과 함께 가장 선도적으로 변화를 추구했고 디지털 기술들이 게임에 적용되면서부터 e스포츠의 게임 유형도 매우 다양화 되었다. 최근에는 e스포츠에도 '아바타'와 '메타버스'라는 용어가 처음 사용되고 있다. 메타버스는 '초월'을 뜻하는 meta와 '우주'를 뜻하는 universe를 합친 말로, 가상의 공간을 의미하는 용어로 사용된다. 그로부터 10여 년 뒤 최초의 가상 현실 서비스로 평가받는 '세컨드 라이프(Second Life)'가 출시되었고 전 세계 수백만 명의 이용자들이 수십억 달러의 규모의 화폐거래를 할 정도의 경제적 활동이 가능한 온라인 사회 환경을 구축했다. 그 이후 페이스북, 트위터 등 막강한 SNS의 발달로 보다 강력한 디비털 정보화가 이루어졌고 e스포츠 산업은 SNS나 구글 등과 함께 사이버산업의 중심 콘텐츠로 성장하여 2000년대 들어 2세대 MMORPG 게임들이 속속들이 출시되었다. 대표적인 게임은 메이플스토리(2003년), 월드 오브 워크래프트(2004년) 등이다. 이처럼 3D 그래픽을 기반으로 한 게임들이 등장하며 e스포츠 산업의 규모가 더욱 확대되는 계기가 되었다.

2010년대 초반까지도 메타버스의 개념을 뚜렷이 보여주는 게임이나 온라인 서비스는 대중들의 인지도를 얻을 만큼 발달하지 못하고 있었다. 아바타를 매개로 한 온라인 가상공간의 형식을 빌린 게임들은 존재하고 있었지만, 그것이 무한에 가까운 확장성을 지니거나 현실과 연동되는 경제활동이 가능하거나 한 것은 아니었다. 하지만 미국과 일본 등 기술 선진국에서는 이미 앞으로의 메타버스 시대를 예견하고 미래학자와 IT 기술 전문가 등이 메타버스가 구현할 수 있는 새로운 영역과 비전을 제시한 바 있다. 미국 미래가속화연구재단의 '메타버스 로드맵'과 일본 IT 싱크탱크인 노무라연구소의 '2010 IT 로드맵'이 그것이다.

메타버스의 대표적인 성공사례로 받아들여지고 있는 로블록스의 경우 개발사의 게임 자체 개발이 아닌 이용자의 자발적인 참여가 중심이 되는 메타버스 게임으로서 게임관련 제품을 구매하는 비용도 어마어마하다. 현재의 e스포츠 시장을 주도하고 있는 디지털 사이버 문화를 만들어 가고 있는 대표적인 기업들인 구글·아마존·페이스북·애플은 게임 기업으로 특정되기에는 보다 폭넓은 사업 모델을 가지고 있으나, 게임사에 투자하거나, 모바일 게임 마켓플레이스를 제공하므로 이들의 메타버스 사업 접근 방식도 매우 차별화되고 차이가 있다고 하겠다. 이들에 의해서 디지털 사이버 게임이 e스포츠에서 주류가 될 날도 머지않았다. 어쩌면 메타버스를 이용한 디지털 사이버 게임은 가장 매력적인 콘텐츠라는 생각이 사람들에게 친숙하게 될지 모르겠다. 왜냐하면 가장 인간과 똑같은 모습으로 현장감과 생동감 그리고 만족도가 높은 신기술이 적용된 게임프로그램이 디지털게임이기 때문이다.

이미 영화에서는 영상적으로 메타버스 사이버 환경에서 인간과 AI로봇이 공생하는 공상과학영화가 등장한 지 오래다. 사이버 인간이란 용어도 이제는 낯설지 않다. 실제로 고글을 사용하여 4차원의 세계의 게임 속으로 빠져들어가 게임을 하는 기술도 개발된 지 오래다. 우리가 e스포츠에 관심을 많이 가지면 가질수록 e스포츠에 의한 디지털 사이버기술의 적용은 더욱더 가속화되리라고 생각한다.

e스포츠와 챗GPT(Chart GPT)

최근 대화형 인공지능서비스인 챗GPT에 대한 관심도가 높으며 다양한 영역에서 활용할 수 있는 사례들이 발표되고 있다. 챗GPT 란 2015년 스타트업 회사 오픈 AI(미국 인공지능연구소)에서 내 놓은 인공지능 서비스이다. 챗GPT 공동 설립자 중 한 사람이 전 기차 테슬라 CEO인 일론 머스크라는 점이 흥미롭다. 이 챗GPT 는 언어에 특화된 인공지능이고 계속해서 언어 자료들을 습득하 고 사고하는 진화된 모델이다. 현재 인터넷 책과 다양한 문서, 위 키피디아 자료 등 3,000억 개 이상 학습한 상태이며 사람과 대화 를 통해 새로운 단어와 자료들을 자동 학습함으로써 점점 더 발전하고 자율적 대화가 가능한 수준으로 진화하고 있다. 뿐만이 아니라 대화는 물론 코딩, 작문, 번역 작업 등 다양한 문서작업과 제작까지 가능하기 때문에 챗GPT의 한계는 예측할 수 없다. 결론적으로 챗GPT란 채팅을 통해 검색이 가능하고 코딩 및 작문, 번역 작업등이 가능한 혁명적인 AI 모델이다.

챗GPT는 출시 두 달 만에 누적 이용자 1억 명을 넘기며 돌풍을 일으키고 있으며, 마이크로소프트도 100억 달러 투자 의사를 밝히고 구글도 대책회의에 들어갈 만큼 핫이슈다. 챗GPT는 인터넷 검색을 넘어 코딩, 작문, 번역, 계산 등 다양한 분야에서 전문가 수준의 문제해결 능력을 보여 미국 펜실베이니아 대학교 와튼스쿨로부터 MBA 학위를 인정받았다고 한다.

4.0 산업혁명 이후 메타버스 등장으로 산업사회는 물론 e스포츠 산업에도 큰 변화가 예고되고 있지만 사실 모호한 아이디어에 기반한 메타버스와 달리 AI는 차세대 IT 분야의 핵심 기술로서 무한한 발전 가능성을 보일 것으로 예측됨으로써 구글을 비롯한 MS도 여기에 뛰어들고 있다. 왜냐하면 챗GPT는 하루아침에 구현된 기술이 아니라 수십 년 노력이 축적된 결과이며, 앞으로 IT산업도 AI 중심으로 재편될 가능성이 크기 때문이다. 지난해 11월 공개된 챗GPT는 출시 일주일 만에 사용자가 100만 명을 넘는 등 획기적 성능으로 화제를 모으고 있다. 지금까지 출시된 챗봇 중 가장 성능이 좋다는 평가를 받고 있다. 이에 따라 IT 업계에서도 챗GPT가

웹 브라우저(1994년), 구글 검색엔진(1998년), 아이폰(2007년)에 이은 IT산업의 '게임 체인저'가 될 수 있다는 전망이 나오고 있다.

그렇다면 챗GPT가 e스포츠에는 어떻게 유용하게 활용될 수 있을까? 현재의 게임 프로그램은 컴퓨터 언어를 통한 고도의 프로그래밍 기술이 적용되어 있는데 이러한 컴퓨터 언어를 해독하고 재편집이 가능한 것이 챗GPT의 장점이다. 따라서 챗GPT가 기술적으로 진화된 새로운 대화형 게임 프로그램을 개발하고 인간과 한 판 승부를 겨룰 수 있는 AI 게임 개발이 가능한 단계인 것이다. 이미 바둑이나 체스 종목에서는 인간과 AI가 겨루는 경기가 시작되었고 인간이 AI 한계를 넘지 못하는 것이 현실이다. 만약에 AI와 인간이 일심동체가 되어 LoL이나 FIFA 경기를 한다면 과연 어떠한 결과가 나타날까? 하는 흥미로움과 기대가 있는 반면에 e스포츠 스타는 인간이 아니라 AI가 될 수도 있지 않을까 하는 염려도 하지 않을 수 없다.

그러나 챗GPT 기술은 우리 삶의 다양한 영역에서 엄청난 진화를 예상할 수 있지만 특히 여가활동으로서 e스포츠 게임의 진화에 많은 영향을 미칠 것으로 예상된다. 그만큼 e스포츠는 인간의 삶의 일부가 될 것이다.

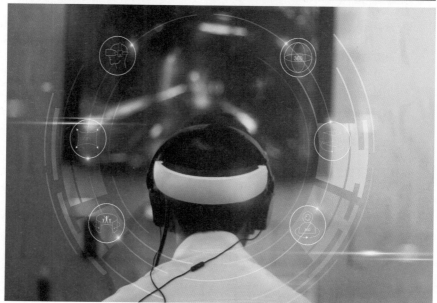

Column 44

e스포츠 플랫폼이란

플랫폼이란 사전적 의미로는 역에서 승객이 열차를 타고 내리기 쉽도록 철로 옆으로 지면보다 높여서 설치해 놓은 평평한 장소를 의미한다. 즉 사람들이 서로 모일 수 있는 장소라는 뜻으로, 주로 서울역이나 기차역과 같은 기능을 수행하는 곳을 말한다. 좀 더 광의적으로는 어떤 재화나 서비스를 공급하기를 원하거나, 혹은 그 재화와 서비스를 소비하기를 원하거나, 혹은 그냥 당순히 검색이나 조사, 연구, 지원, 관리 등을 목적으로 하더라고, 서비스 이용자 모두가 한자리에 모이게 되는 그 공간이 바로 플랫폼이다. 더 쉽게 해석하자면 옛날과는 다르게 현재는 거의 대부분의 사람이 스마트폰을 가지고 있고, 스마트폰 안에서 작은 공간을 만들고 사람들이 모일수 있게 한다면 전부 플랫폼이 될 수 있다. 대표적인 것이 카카오톡이나 배달의 민족 같은 앱이며 인스타그램이나 틱톡, 페이스북, 유튜브가 다 플랫폼이다.

기업은 이러한 플랫폼을 만들어 사람들이 무료로 사용하게 하고 중간에서 수수료나 광고 등으로 수익을 내는 구조로 비즈니스를 하고 있고 또한 실제로 사람들이 만나는 것이 아닌 온라인으로 만나게 되면서 인원 제한이 없어지게 되고 플랫폼을 통하여 수많이 사람들이 한자리에 모일 수 있게 되면서 글로벌기업으로 성장하기도 한다. 우리가 인터넷에서 자주 접속하는 다음 카페, 네이버 블로그 등등도 이러한 유형의 플랫폼인 것이다. 협의적으로 컴퓨터공학적인 측면에서는 플랫폼이란 컴퓨터 시스템의 기반이 되는 소프트웨어가 구동 가능한 하드웨어 구조 또는 소프트웨어 프레임워크의 일종으로서 구조(architecture), 운영 체제(Operating System), 프로그래밍 언어, 그리고 관련 런타임 라이브러리 또는 그래픽 사용자 인터페이스(GUI: Graphic User Interface) 등을 포함한다. 산업적인 측면에서는 플랫폼이란 비즈니스에서 여러 사용자 또는 조직 간에 관계를 형성하고 비즈니스적인 거래를 형성할 수 있는 정보 시스템 환경으로 자신의 시스템을 개방하여 개인, 기업 할 것 없이 모두가 참여하여 원하는 일을 자유롭게 할 수 있도록 환경을 구축하고 플랫폼 참여자들 모두에게 새로운 가치와 혜택을 제공해줄 수 있는 시스템을 의미한다.

e스포츠 플랫폼은 이러한 의미의 복합적인 의미를 지니고 있다. e스포츠 플랫폼은 온라인 플랫폼을 말하며 많은 사람들이 다양한 게임을 즐길 수 있는 공간이라고 할 수 있다. 그러한 관점에서 SK게이밍과 모토로라가 파트너십을 맺은 것은 모토로라는 플랫폼의 역할을 하고 SK게이밍은 콘텐츠를 제공하는 컨소시엄 플랫폼서비스를 제공하기 위한 것이다. 이와 비슷한 사례로 'Tribe Gaming'과 'Discord'와의 파트너십을 예로 들 수 있다. 여기서 디스코드는 전형적인 플랫폼 역할을 하고 트리브게이밍은 게임을 서비스한다. 이러한 형태는 순수 플랫폼 기업들의 수익구조가 제한적일 때 수많은 사람들이 즐기는 게임사들과 협업을 맺어 그들의 게임을 즐길 수 있는 공간을 플랫폼을 통해 제공함으로써 광고수익, 부대수익 등 비즈니스 모델을 완성할 수 있기 때문이다. 결국 e스포츠 혼자로서는 광고와 마케팅 그리고 수익구조를 만들어 가기가 쉽지 않기 때문에 기존의 플랫폼을 이용하여 서로 상생하는 e스포츠 플랫폼을 만드는 것이다. 최근에 전통 스포츠에서도 e스포츠에 대한 사용자의 패턴이 변화(전통 스포츠선수들과 팬미팅 등)되고 있다. 디지털 표현을 매개체로 하는 e스포츠는 사용자와 팬들이 젊기 때문에 전통 스포츠에서도 과감히 e스포츠를 이용하여 이들 유저들을 관람객으로 유도하여 수익창출의 수단으로 삼고 있다. 그러면서 e스포츠 분야에서 점점 더 많은 전통 스포츠

리그들과의 협업이 이루어지고 있다. 예를 들어 e스포츠 프로젝트에서 만능 레이아웃을 갖고 있는 울브스(Wolves), LGD e스포츠 클럽과 파리 생제르맹 등과 e스포츠 플랫폼 운영에 관한 협업을 만들고 있다. 이들이 중요하게 노리는 것은 미래 트렌드인 'e스포츠 커뮤니티 플랫폼 구축'으로 젊은 e스포츠 사용자를 전통스포츠로 유도하겠다는 목적이다. 전통스포츠에서 e스포츠 플랫폼을 이용하는 이유는 e스포츠 플랫폼이 전통 스포츠보다 많은 수익 방식을 제공하고 있다는 점이다. 프로축구 클럽을 예를 들면 주요 수익은 주로 미디어 중계권 수입과 브랜드 광고 및 후원에 의존하고 있기 때문에 e스포츠 플랫폼의 구축으로 기존 스포츠 클럽의 기반인 브랜드와 더 많은 협력 시나리오를 창출하고 브랜드 후원 권익을 보장받기 위해서다. e스포츠 플랫폼은 무한한 유저와 사용자를 보유하고 있다는 장점이 전통스포츠에서도 무시하지 못하는 이유일 것이다.

Column 45

e스포츠와 불로장생, 텔로머라제

　건강하게 장수하는 것, 인간이 오래도록 꿈꿔왔던 불로장생의 꿈을 실현할 수 있는 길이 열렸다.

　바로 텔로머라제의 기능에 대한 연구결과 보고서가 발표된 이후 나온 이야기다. 텔로머라제는 염색체 끝부분에 붙어있는 반복 염기서열로, 염색체의 손상을 막아주는 역할을 하는 텔로미어가 손상되면 복구, 생성해주는 효소로서 노화를 방지하는 효소가 바로 텔로머라제이다. 사람 체세포에 있는 텔로미어의 길이가 보통 5~10kb이고(1kb는 DNA 염기 1000개 길이에 해당), 세포 분열을 할 때마다 50~200bp(1bp는 1염기 1개 길이)만큼 짧아진다.

짧아진 텔로미어가 다 소진되어 복제가 발현되지 못하면 그 세포는 사망에 이르게 되는 것이다. 세포의 사망은 곧 노화 과정이라고 말하고, 노화 과정의 끝에는 죽음이 기다리고 있는 것이다. 즉 노화 방지와 조기 사망을 막아주는 효소가 텔로머라제인 것이다.

'네이처(Nature)'는 2021년 11월 28일 온라인판에서 텔로머라제(telomerase)를 활성화시킴으로써 노화 반응을 되돌릴 수 있다는 연구결과를 발표했다. 이번 연구결과는 단순히 수명을 연장한 것에서 그치는 것이 아니라, 이미 진행된 노화를 텔로머라제를 활성화시킴으로써 다시 되돌릴 수 있다는 것을 최초로 보여줬다는 점에서 획기적인 결과라 할 수 있다.

1980년대에 텔로머라제가 발견된 이후 텔로머라제는 수명연장의 가능성을 실현할 수 있는 중요한 효소로 생각되었다. 염색체는 그 끝에 텔로미어라는 DNA 캡을 가지고 있는데 세포가 분열될 때마다 염색체의 텔로미어는 짧아지고 결국에는 세포 분열이 멈추고 죽게 된다. 최초의 복제양인 '돌리'의 경우도 성장이 끝난 암컷 양을 복제했기 때문에 텔로미어가 짧아 일찍 사망한 것으로 조사됐다. 이전의 많은 연구들의 결과를 토대로 볼 때 텔로미어와 노화는 인과적 관계가 있으며 특히 조로현상을 겪는 사람들의 텔로미어가 짧아지거나 텔로머라제의 돌연변이가 일어나 있었음을 발견하였다고 하였다. 네이처는 연구실험을 통해 텔로머라제를 유전자 조작으로 없앤 쥐는 정상 쥐보다 훨씬 빨리 노화가 일

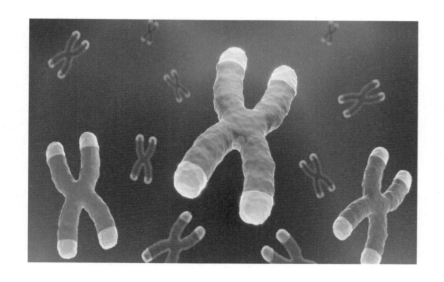

어났으며 생식능력 소멸, 골다공증, 당뇨, 신경 손상 등 노화와 관련된 증상이 나타났고 대부분 일찍 사망하게 됐다고 보고하였다. 즉 텔로머라제와 관련된 연구결과들을 보면 텔로머라제는 노화와 중요한 연관성이 있음을 알 수 있다. 뿐만 아니라 텔로머라제는 DNA 손상을 방지해줌으로써 암세포화 되는 것을 막아주는 역할을 하고 노화된 장기의 기능을 회복해주기 때문에 불로장생의 묘약이라고도 확대해석하는 학자들이 많다. 그러나 일부 의학계 전문가들은 텔로머라제가 정상적인 쥐의 실험이 아니라 인위적으로 텔로미어를 제거한 후의 실험이기 때문에 사람에게 적용하기에는 무리가 있으며 특히 텔로머라제를 증가시킬 경우 텔로미어 길이가 줄어들지 않는 잠재적 종양이 자랄 수 있기 때문에 좀 더 많은 임상실험이 필요하다 라는 주장도 하고 있다.

최근 e스포츠에 대한 과몰입이 텔로미어의 길이를 짧게 할 수 있다는 연구결과들을 볼 때 텔로머라제는 e스포츠 참여자들에게도 관심의 대상이 될 수밖에 없다. e스포츠 활동 시 적어도 1시간에 10분씩 스트레칭과 기분전환을 위한 운동 등을 반드시 함께 해준다면 텔로머라제 효소가 활성화될 수 있다. 텔로머라제가 활성화되면 텔로미어의 길이가 단축되는 것을 방지해줄 수 있기 때문에 노화 방지 및 수명연장에 도움을 줄 수 있는 것이다. 따라서 e스포츠 활동 시 장시간 컴퓨터에 앉아 있거나 스마트폰만을 붙들고 있다면 노화의 원인인 텔로미어 길이가 짧아져 노화와 함께 수명 단축의 과정이 빨리 이루어지는 것을 막을 수 없다. 특히 장년이나 노년층이 e스포츠 활동에 너무 과몰입이나 중독되지 않도록 주의해야 한다. e스포츠도 즐기며 나이보다 젊어 보이기 위해서는 텔로머라제 효소가 활성화될 수 있도록 적당한 운동과 스트레칭을 통해 혈액순환 기능이 활성화되도록 쉼을 가져야 한다. 게임중독으로 불안감, 분노 등, 혈압이 상승하거나 지나친 경쟁의식으로 스트레스가 폭발하지 않도록 e스포츠 활동에 대한 적절한 통제와 조절이 필요하다. 그것이 텔로머라제를 활성화시키고 즐거운 e스포츠 활동을 지속적으로 영위할 수 있는 비결일 것이다.